與恩師的10堂課

我的路

蔡元雲

與恩師的10堂課——我的路

作者/ 蔡元雲
特約編輯/ 黃幗坤
文稿整理/ 梁倩芬　嚴美珍
美術設計/ 濛一設計坊
出版發行/ 突破出版社
香港沙田亞公角山路33號突破青年村
電話：26320000　傳真：26320388
電郵：breakthrough@breakthrough.org.hk
網址：http://www.breakthrough.org.hk
http://www.btproduct.com

承印/ 陽光印刷製本廠
2010年7月初版1刷
2012年11月初版3刷

My Life Path: 10 Lessons with My Mentors
by Philemon Choi
First Printing, First Edition, July 2010
Third Printing, First Edition, November 2012

Printed in Hong Kong
ISBN 978-988-8073-05-4

本書經文取自《新標點和合本》，版權為香港聖經公會所有，承蒙允准採用，特此鳴謝。
承蒙「青年發展基金」贊助本書製作經費，謹此鳴謝。

誠邀閣下就突破出版社的書籍發表意見。
請登上www.btproduct.com/book，在「讀者回應卡」頁面內填寫。謝謝。

歡迎加入突破書籍Facebook —— http://www.facebook.com/btbooks

心　靈　關　顧

關懷、連繫、復和、

溝通、對話……

凝視心之脈動，

直到重新尋獲自己的心。

漢字，是世界文明史上的奇葩，又與藝術完美地結合；古代，文人用書法盛載學問書法又是修身養性、靜養的操練。

中國書法起源極早，從殷商甲骨文至今，三千多年來，譜奏出篆、隸、草、行、楷等各種豐富視覺旋律的書體，其表現的文字美與線條美，使我們深深體會到前人的智慧，與藝術創作上的創意無限，也使極富藝術美的書法，在世界不同國家民族的文字裏能獨樹一幟。

本書每篇文章的題目為一個濃縮的漢字，間頁設計嘗試將漢字宋體字與書法相互結合，以視覺圖象語言重新演繹，希望能與文章相互輝映。

心 （草書）

謝 （行楷）

感 （隸書）

亂 （北魏楷書）

迷 （章草）

知 （草書、漢簡、行草）

遇 （草書）

尋 （小篆）

根 （草書）

靜 （大篆）

死 （草書）

道 （草書）

承 （草書）

傳 （行書、草書）

行 （草書）

學 （甲骨文）

目錄

自序

生命被恩師與青年人觸動

首先，我想跟讀者談談寫這本書的理念。

因着自己的成長經驗，我經常思考一個關於青年人成長的課題：我認為任何年代，任何文化階層的青年，在成長過程中，都需要有人與他結伴同行，而且是同一代中比他年長的人，彼此亦師亦友地同行。

曾進入這種同行經歷的年輕人，能在師徒關係的互動中，更深入的認識自己，發現自己的興趣所在，面對將來升學、擇業等人生重要關口，都更懂得如何作出正確的判斷和抉擇，以至能為社會作出更大的貢獻。這是年輕人人生中一個很重要的歷程。西方國家近二十年來，對於這方面的探討十分殷切。探討青少年發展的專家指出，青年人倘若在求學或是剛踏足社會的時期，能夠找到一位師傅（mentor）與他同行，那麼無論對他的成長，在社會上的表現，都會有一定程度的正面影響和助力。他的工作表現會較佳，處事會較成熟，而且在專業上發展更快。

我經常在公開場合分享師徒關係的正面影響，直至有一次，我的同事（出版社的編輯楊碧瑤）跟我說，不如寫一本主旨為「如何為師」的書，剖析如何成為別人生命中的師傅。她的邀請，驅使我仔細的回憶。的而且確，不少年輕人告訴我，他如何以我為師，以往怎樣受到我的言行所啟迪。不過問心一句，我實在不敢說自己真的做到與青年人亦師亦友，結伴同行。

相反，我認為每個人都需要謙卑自己，學習為徒。不管中外，不管哪個時代，任何成功人士，受人尊敬的大師，都必定經歷過學習的階段，就例如在中國的傳統文化中，拜師為徒，師成後自立門戶，差不多是認真面對人生，有理想、有目標的青年必經的人生階段。不過可惜的是，為徒的藝術卻隨着時代推演而慢慢「失傳」了。

我忽發奇想，何不寫一本書談談「為徒的學問」？作為別人的生命師傅，我未必有那分自信，但我確信自己是一個不錯的徒弟。我對在我生命中出現的前輩、導師，總是懷着一顆感戴之心，念記他們的知遇之恩。無論我的父母，和那些我視為生命師傅的人，他們實實在在的在我生命裏留下了不可磨滅的痕迹。與他們交往、同行的歷程中，我對自己的生命，有很多新發現，這些發現很寶貴，對成長有莫大裨益。

這本書就在這種回憶、思考的過程中慢慢醞釀成形。

前述的是這本書背後的理念，但驅使我開始寫這本書，起源於兩股強大的動力，我用兩個字來概括這兩股動力。第一個字是「謝」：感謝我的恩師們。第二個字是「感」：受感於一班八十後的青年。八十年代出生的香港新一代，他們用聲音，用行動，表達了他們對保育、民生、政治制度改革、基礎建設等等的關注。有機會與他們傾談，我也被這班八十後青年的激情所觸動。「謝」與「感」是促使我寫就這本書的推動力。

而就整本書而言，我將與恩師同行的體驗和領悟，總結成為十個字：「知」、「遇」、「尋」、「根」、「靜」、「死」、「道」、「承」、「傳」、「行」。每個字成為一堂課的核心思想，合成「十堂課」，這些部分合起來，便是我個人終身為徒的心得。

謝 

父母恩

我深信，每個人都要多謝父母。父母是我們首要多謝的恩師。

很少父母會對自己的子女說：「我是你的恩師，我是你的生命師傅」，但這不代表父母對子女沒有影響，而是親子之間的互動，很多時不只透過言語表達，不可少的還有「身教」的部分；父母的一言一行，一舉一動，都會成為子女模仿的對象，所以不自覺地，父母成了子女的生命師傅。

以我為例，無論是公開演講，或執筆為言，我的話題經常都離不開我的父親，你可以想像父親對我有多大的影響。我曾寫過一本書《從未遇上的父親》，講述爸爸和我的關係。的確，爸爸對我有很深的影響，但其實媽媽對我的影響也很大，所以我想先談談媽媽。

媽媽在我的生命裏，留下了很重要的痕迹，也真是我的恩師。母親在昆明出生，於一個大家庭中長大。她最近給我看了一張照片，是她和爺爺以及兄弟姊妹的珍貴合照。她的兄弟姊妹都是很出色的人物，事業有成。在那個年代的昆明，不是人人都有機會讀書。母親能上中學，十分難得，不過她未念完中學便出來社會謀生。那年她十七歲，在一間做抵押的公司工作，責任重大。有不少客人會將一些古董拿來出售或抵押，母親便要核對貨品的真偽，評估它的價值，然後定出價錢。當然，她的上司會從旁協助，但對一名十七歲的少女來說，實在殊不簡單。

初生之犢不畏虎，一份不簡單的工作，媽媽毫無懼色的擔下了，還說是十分好的學習機會。我拿她跟現在十七歲的青年作比較，更佩服媽媽的勇氣，試想一想，若有老闆請一位十七歲的年輕人去做古董鑑定，他第一個反應一定是：我怎樣做這份工！

媽媽早婚，十八歲已為人母。我是長子，接着媽媽又生了兩名弟弟及一名妹妹，家中總共四兄弟姊妹。爸媽婚後不久便來到香港定居。此後，我們大部分時間都在香港生活。由於爸爸以航海為業，要在船上工作，隔一段時間才會回港，所以家中事無大小，都靠年輕的媽媽把持。我們很感激她持家有道，在她的管教之下，家中四兄弟姊妹一直能和睦共處。

我本來在一間私立小學讀書，不知道她是打聽到，還是得朋友相告，當時有一間相當好的津貼學校。她於是便替我申請轉校，繼而將弟妹也一併轉了過來。那間小學確是一所好學校，學生得到良好的培育，老師也十分關心學生，對學生循循善誘。我亦因為小學時打好了基礎，順利地考入一間很好的中學，一步一步的向前邁進。好的開始是成功的一半，媽媽一個正確的決定，對我以後的學業影響至巨。

媽媽為人寬容厚道，在我印象中，我從來沒有給她疾言厲色責罵過，但這卻不表示她做人沒有原則，我們幾兄弟姊妹都知道，媽媽不打罵我們，卻對我們充滿期望。與人相處，要學像她一樣友善寬容。讀書方面，她沒有天天督促、壓迫我們，但她期望我們有一定的表現。我很多謝她沒有給我很大的壓力，只暗地裏給我一些指引，容讓我有很大的空間發揮，同時她也提醒我做人需要有原則，讓我不致放縱自己。除了心理上的空間，我們的家也是個十分開放的空間，我的同學和朋友經常來我家走動；我們的房子細小，但經常高朋滿座，一起談天說地。媽媽十分好客，還會做飯招待我的朋友們，經常幫我的同學朋友「夾餸」。到今天，我承襲了媽媽的優良習慣，很喜歡幫別人「夾餸」；也養成了把家庭開放的習慣。在這些性格的細節上，我想我真的十分有媽媽的風範。

關於媽媽的事還有一件，原來香港住了不少昆明人，也就是説，媽媽在香港有不少的鄉親。記憶中，媽媽與鄉親過從甚密，經常探望。若是路途遙遠，她還會在鄉親家中度宿一宵。媽媽可謂廣交朋友，而且在朋友中算是讀書最多的一個，所以她經常幫親友寫信，又負責帶他們去政府部門辦理相關的手續。誰病了，她又帶他們去找醫生。媽媽樂於助人，人緣好，跟親友們建立了很好的關係。媽媽又很懂人情世故，禮貌周全，父親在香港的親戚不多，但每逢過年，媽媽都帶我們往爸爸的親戚家逐一拜年，一盡親戚情誼。這些人情世故，一點一滴，在不知不覺間，在我生命裏面留下很重要的痕迹。

今天，媽媽已經榮升太祖母，她的子孫輩都很喜歡她，跟她完全沒有代溝，不但與四名子女關係很好，孫兒們有問題都會找她傾訴，連小小年紀的曾孫也很喜歡她。我的媽媽真的很特別，她不但養育我，也是我生命裏第一位恩師，也是一位很重要、很出色的恩師。

至於父親，我在寫作中經常提及他，亦是我無數講座裏的話題。我的父親和祖父都是航海的，由於家境的緣故，爸爸十四歲便出海謀生，他從船上的廚房做起，負責洗碗碟的工作。他當時身形瘦削，我看過他在船上拍的照片，不禁想到要是來個大浪，他便會給捲走。船上的生活十分枯燥艱苦，好幾個月不見陸地，爸爸便利用閒暇時間自學。他的好學和上進心，令我心生尊敬。他在一些英國船隻上工作，因此有機會自學英文，相比其他用娛樂打發時間的船員，爸爸的表現實在很出眾，也由於他的勤奮，很快便從廚房一路晉升為餐廳領班。不幸的是，第二次世界大戰爆發，所有航運停頓下來。爸爸由上海逃到雲南，逃避中日戰爭，也就在雲南認識了我母親，二人很快便結婚，當年，爸爸只有二十五歲。

因為懂得一點英文，爸爸毛遂自薦，去敲駐昆明的美國軍隊的門，問他們要不要僱用翻譯；就這樣，爸爸做了翻譯員。由於做事認真，他很快獲得上司的賞識。爸爸無論幹任何工作，都勤奮盡責，腳踏實地一步一步向前邁進。我小時候，曾跟隨他拜訪英籍上司、船主，知道他所言非虛，他真的能用英語跟外國人溝通。由廚房到餐廳領班，他事事表現了親力親為的態度，就例如為了可以自己列出菜單，他便去學習英文打字。見微知著，從這件事情我們可見到爸爸是一個怎樣的人！

記得有一次，他工作的船隻要遠赴澳洲，差不多一年後才回港。他一回港，我立刻上船找他。我們要先坐小電船，再轉上大輪船，過程真是又開心又難忘。我們去到船上餐廳，爸爸教我怎樣用刀叉吃西餐。在船上期間，我留意到不是每名船員都像爸爸般穩重，有些十分粗魯、暴躁，很容易跟別人發生衝突。我曾親眼目睹爸爸如何化解同事間的衝突。他不會像別人一樣衝動，保持情緒穩定，又堅守原則，處理得十分恰當，將大事化小，小事化無。他真是個見慣風浪的人，不下一次，他跟我們說，航海三面都向海，一面向天，雖然很孤單，但很值得。還有他教曉我，有人會利用航海的機會發大財，但他不會這樣做，他有自己的原則，就是一定不做不合法的事，不會犯法賺「快錢」。他寧願一口風一口浪，賺取他應得的，他所賺的錢都是有血有汗的。因此，當他將畢生積蓄全給我用來讀書時，我真是感動得無言以對。我升學以後，隨後弟妹也往外國升學，爸爸也是全力支持。今天，我們四兄弟姊妹都在社會上各展所長，貢獻自己的一分力量，其實都是爸爸的功勞，是爸爸的光榮。這也是大部分上一代香港人的光榮。他們都是不問回報，努力奉獻家庭，貢獻社會。

爸爸學歷不高，家境不好，卻一直持守原則，力爭上游；他勤奮學習的精神，是我們學習的好榜樣。不過，我跟爸爸之間的關係沒有像跟媽媽那樣親密。媽媽寬容，爸爸卻嚴謹。在我的成長路上，曾多次跟爸爸起衝突，有時為了信仰，有時為了擇業，兩父子弄得很不愉快，最激烈的一次，是我放棄醫生的工作，轉去做青年工作，他非常震怒，向我大發雷霆。當時我年少氣盛，只懂得怪爸爸不明白我，我不過是學像他那樣忠於自己的原則和感受，於是對爸爸的怪責十分不滿。現在回想起來，其實我沒有理解他的感受，不明白他所受到的傷害，兩父子的關係因此瀕臨破裂，我要負很大的責任。

多年後，父子的心結解開了，我最後獲得了爸爸的肯定。他在世上最後的幾年，住在老人院，我一有空便去看他，關係是前所未有的親密，跟爸爸緊密地同行，直至他離開世界。這本書，也要記下這段父子關係，記下爸爸在我生命裏的痕迹，他也是我要多謝的一位恩師。

恩師情

許多曾啟導我生命的人都不會以我的師傅自居，但他們確實給我生命中多方面的啟迪，我還是喜歡尊稱他們為我的師傅。

在這本書裏面，我會逐一介紹他們，向他們表達我的謝意。透過一些和他們交往的故事，讓讀者體會，這些師傅有如優良的陶匠，在我生命不同的階段裏，陶塑了我的生命。我也向讀者敞開，我是如何珍惜每個交往的片段，如何向他們討教。

「召命」恩師

我從醫生轉業為青年工作者，已經三十多年。第一個要多謝的恩師是蘇恩佩女士，她亦是一位青年工作者。我們在三十多年前相遇，相識不久，她便邀請我加入青年工作的行列，是她率先發掘我內心的感受和召命。我們同行了十年，在突破機構中共事，從零開始，辦了兩份雜誌，後來又成立輔導中心和影音中心，從事許多有關青少年培育的工作。蘇恩佩從來沒有說「我要做你師傅，你跟着我去做」，她的生命本身，已經是一堂又一堂寶貴的課。我最初對青少年工作是如此的無知，在她身旁，我只有一點一滴的學習。她對文字的認真、執著和熱誠，跟她共事的同工，沒有不留下深刻的印象。她身處香港，卻心繫中國、胸懷世界，感染周圍的人跟她的心一同脈動。這一切，都可以從她的社會參與、發表的言論中感受得到。我特別記得與她一同攀登長城的一幕，她在激情中表明了自己的心迹。毫無疑問，蘇恩佩是我生命中最重要的師傅，幫助我找到方向和召命。

我在國內出生，因為打仗，輾轉到香港定居。由於受殖民地教育，我很少思索「我的身分」這個問題，到底什麼是公民，什麼是國民，我是什麼身分等等概念都非常模糊。受蘇恩佩女士的影響，我才開始認識到自己「植根香港，尋根中國」的身分。除了蘇恩佩女士，幫助我發掘召命的恩師還有三位，我後來遇到艾得理牧師（Rev. David Adeney）、徐松齡牧師（Rev. Stephen Knights）、戴紹曾牧師（Rev. Dr. James Taylor III），他們都是西方人，卻引導我思考「身分」這個深層次問題。

上述三位的共通點，是他們都曾經背井離鄉，遠渡重洋來中國宣教。當我在加拿大求學時，有幸認識他們。而諷刺的是，我這個地道的中國人竟然從他們的口中，才得知許多在中國發生的故事。他們儼如在中國出生成長一樣，一談起中國便如數家珍，對中國文化的認識不禁使我汗顏；他們一顆愛中國的心，和他們的中國文化涵養，在在令人驚歎。我不禁問：怎樣才是中國人？究竟我是不是中國人？

當我這樣思考時，心裏難免激動。在世上，何處是吾家？這世界上有沒有一處地方我可以肯定地說，這是我的土地？假若找不到自己所屬的土地，也沒有根，我能肯定自己屬於哪一個民族、哪一個國家嗎？我進而又想，有沒有永恆的根？若然有，它又植根何處？這些課題，我多年來一直思考着，而最初給我啟發的，就是這幾位師傅。從他們身上我領略到，人如何認識自己的身分，足以影響他在人生中所作的最重要抉擇。

「生命重整」恩師

許多人問我，我離開自己醫療的本行，轉而投身青年工作，有否感到可惜。我卻認為，絕非學非所用；相反，醫學上的訓練，對我全面理解「人」十分有幫助。青少年工作看似簡單，也不需要像醫療一樣受許多專業訓練，但我們面對的是一個個有血有肉的生命，各自有獨特的成長背景、思想和感情。我們幫助他們，並不是開個藥方動個手術那樣直接，而是要以生命影響生命；既然要以生命影響生命，你自己的生命如何就成為關鍵。所以我很重視生命重整，在從事青年工作的數十年，我在這方面下了不少苦功，而且更特別為此而拜師學藝。

提起生命重整，我要多謝瑞士籍的Dr. Hans Burki夫婦。他們給予我不少寶貴的提點和挑戰，另一位是Dr. John White，他是精神科教授，與我同行多年，他的身教和實際的教導都使我獲益良多。他特別注重生命反省、內省和獨處，這些功課對於身處步伐急速的香港、個性外撲急躁的我更形重要，對我耐性的磨練挑戰也不少，但惟有這樣，我才能真正檢視自己，破碎老我，讓生命不斷經歷更新，從而幫助青年人尋找生命的方向。

「內涵重建」恩師

與人同行，需要的不只是溝通的技巧、聆聽的藝術。我們聆聽，不等於將一些資料輸入電腦進行分析。聆聽的接收器需要一個有靈、有內涵的個體，當我們聆聽了，還要作出有意義、具體、有幫助的回應。教懂我這個道理的是滕近輝牧師、李非吾牧師、陳喜謙牧師。這些生命師傅讓我明白到，當青年工作者的生命內涵是何等重要，我不能只有滿腔熱誠，對年輕人的際遇感同身受，卻沒有足夠的承托力去支持他們，帶他們離開生命的迷陣，步入正軌。知識就是力量，現代社會是知識型社會，我們也要有足夠的認知和辨識力，才能夠理解來求助的年輕人，給他們合適的幫助。

上述的三名師傅求知慾強，活到老學到老。受他們潛移默化的影響，慢慢地我也養成閱讀的習慣，藉書本中的知識，走入青年人的世界，了解他們的生活旨趣。除此以外，我更在生活中與師傅們切磋砥礪，他們的學養幫助我深化從書本中得來的知識，融會貫通，從不同角度揣摩思考。

生命同行者

年紀愈大，愈難覓得良師，要找到自己敬重的長輩，騰出時間心力，亦師亦友地結伴前行，真的談何容易！到了這個階段，我學會更加珍惜身邊的同行者。我很幸運，這三十多年來，在「突破」的一班同工，他們身體力行，與我並肩走到青年人當中，毫無怨言，一同為青年人的成長拚搏，努力耕耘，當中有突破機構現任的總幹事梁永泰，和去年剛退下火線的李淑潔。當然我更要感謝太太，與我風雨同行四十年。

我與他們一直懷着同樣的信念，一同走進青年的羣體之中。過去數年，我們去過中國好幾個地方，親身接觸、了解當地年輕人的生活，嘗試用我們的專長，幫助他們面對成長中的一個個難關。即使身心多疲累，在聚會結束後，我們會一同分享、檢討，務求整合當中的經驗，使培育工作發揮更大的效用。我雖然不會稱這些同工為師傅，他們是我的「生命同行者」，但他們扮演的角色卻等同於師傅，在書中，他們會逐一登場，我會向他們致以謝意。

這本書，最重要是一個「謝」字。感謝我的父母、恩師、生命師傅，以及生命同行者。透過他們，我的生命得以不斷重整、蛻變，讓我活得更有方向，並能持續的邁向圓融。

感 

被八十後感動

在2010年初，香港四處響起嘹亮的聲音，這些聲音發自八十後的年輕一羣。從前，大家以為他們沉默無聲，但突然間，他們透過不同的平台發出吶喊之聲，用文字、用網上的言論，甚至是用具體行動，表達他們的意見。他們的訴求像春雷乍響，驚醒了整個城市，特別驚醒了香港特區政府：幼獅已然長大了，不再嗷嗷待哺，要開始體驗成長的義務和責任。

開始的時候是在2006末的天星碼頭，他們參與了遷拆抗爭行動，繼而是西九龍文化區的建設討論，到2010年初掀起八十後抗爭高潮，是興建高鐵和保育菜園村的爭議。八十後立場清晰，從最初個別行動，發展到包圍立法會，當中更展現了成熟的組織。而更令人驚訝的是，雖然一眾八十後走在一起，但他們仍然有各自的思維，他們各有各的抱負，卻願意求同存異，未必有統一的立場，透過互聯網組織在一起，發揮團結的力量。他們同一的特徵，就是大部分為八十年代出生的男女，是屬三十歲以下的年齡層。

高鐵事件，他們至為矚目。你想不到他們會為了保護香港環境、保存既有文化傳統激烈抗爭。他們有的重重繞着立法會慢行，另一幫人跪地苦行，以行動表示他們對事件的關注和立場，亦有部分八十後在網上發表激進的言論，也有幾個人試圖衝入立法會，在會場外推撞警方的圍欄。他們要表達不滿，希望立法局在議決政府提出的高鐵項目和總站選址撥款時，能有多一點的諮詢和討論，給予更多的資料讓市民明白整個項目的施工內容。部分政府建制派人士批評八十後缺乏理性，不應該訴諸武力。當然，亦有很多市民、議員支持他們，欣賞他們願意站出來，為他們所持守的理念仗義執言。

不管我們對八十後抱有怎樣的看法，但無可否認的是，他們就是香港社會訓練出來的新一代，有思想有抱負，更難得的是，他們對於建設一個理想家園，一個能包容多元文化的社會，願意積極貢獻他們一分力量。其中一名八十後，透過「香港電台」《香港家書》環節告訴社會各界，他們對香港這個城市出現一個又一個大型商場感到十分厭倦，他們不希望在他們以後出生的一代接一代，無奈地困在商場中長大。同時他們也流露出對上一代的關懷，特別是上一代的弱勢社羣，他們願意與這些上一代結成伙伴，用行動證明，他們和上一代之間並不是割裂的。

我自己一直沒有和青年人割裂的感覺，在立法會門外，有不少我熟悉的面孔。其中一個是我好朋友的兒子，我認識他，知道他和平、理性，有理想、有思想。他只是不希望看見香港成為一個只由經濟主導的城市，忽略環境保育和人民生活的質素。無論相識或不相識的，我確實被他們感動了。後來有報章邀請我寫一篇文章跟他們對話，我便以〈給「八十後」一個對話平台〉為題寫了一篇文章。（見本章末段）

與八十後同行

我曾獲委任為「青年事務委員會」主席，有六年多時間，跟八十後有近距離的接觸。當時由「委員會」牽頭，在香港多個地區舉辦「青年論壇」，讓青少年直接參與不同地區政策的討論，就着與青年人相關的議題發表意見。很多八十後藉此機會與社會各界領袖、政府官員對談，然後又着手整理這些資料，寫成報告。我們還負責主辦每年一度的「全港青年高峰會」，那是一個大型聚會，各區都派出青年代表，還有各界領袖和政府高官，連特區政府首長都會出席會議。官員要回應他們的提問，就我的觀察，八十後的提問都是有建設性和理性的，政府縱然不會全盤接納他們的意見，但仍會採納一些具體可行的建議。討論的議題很廣泛，有教育政策、文化政策、康體政策、貧富差距、環境保育、行業架構以至青年人的就業與出路……六年多以來，我聽了無數新一代的聲音，他們都非常認真，事前預備充足，首先作了小組討論，再到地區討論，然後才議定出在高峰會中的議題。所以，我敢肯定，他們大部分的意見都經過思考，並不是惡意批評，專挑釁政府。

聲音（voice）和噪音（noise）截然不同。聲音經過思考，是理性的講話，就一些問題提出意見，再發掘問題的底層矛盾。六年前，他們有些還在求學，今天，他們已經在不同的界別、行業中有出色的表現，有一些更和我建立友誼，成為我的好朋友。我深深體會到，他們言行一致，總是有聲音（voice）有行動（action）。有人只懂喊口號，有人只做不說。擁有領袖才能的人，必須用聲音感染別人，用行動帶動羣眾向目標進發。我絕對相信這些青年人有能力為香港社會作出極大的貢獻。若然在上位者肯虛心聆聽他們的聲音，又付諸實行，必能造福社會。

八十後有的在香港土生土長，但也有不少是新移民，又或是因升學來到香港。我認識一位從國內來香港讀大學的青年。起初他不習慣香港的生活，也不能明白香港青年人的生活文化。他在網上發表意見，卻感到被歧視和排斥；但他依然努力學習廣東話，他盼望將來的香港不會再出現這樣的分歧。其實好些來自內地的八十後青年以香港為跳板，完成學業後可能留在香港，但更多是繼續出外升學，或回到國內工作，作為過客，他們依然這樣關心香港的前途，珍惜發言的自由，令我非常感動。

每一年，我都參加香港大學的「師友計劃」，當學生的師傅。到了2010年，香港大學問我願不願意當國內生的mentor，我一口便答應了，並且成為一位國內生的mentor，她在香港大學讀第二年。我跟這位八十後建立了密切的師友關係。這位學生很認真，她去找關於我的資料，當知道我是香港一間非牟利機構的創辦人時，她很高興，並且對我說，她和約十個國內

來的同學也成立了一個非牟利機構。我望着這位八十後，眼前為之一亮。再問她那是什麼性質的非牟利機構，她便解釋說他們專門組織文化遊學考察團，他們的抱負是透過遊學團擴闊青年人的視野，激發他們關懷世界。更令我驚訝的是，他們的遊學團並非去一些旅遊熱點，其中一次他們去了非洲的加納。

我對加納認識有限，只知道他們擁有一隊實力強勁的國家足球隊。這個遊學團去到當地，入住民居，與當地的年輕人打成一片，而且更在了解當地的文化之餘，參與種種義務工作。參加過加納遊學項目的學生紛紛表示，加納之旅使他們得到很多啟發，開闊了視野。這些八十後國內生沒有雄厚的背景和資源，卻成為了香港的大使，在香港、加納和國內之間穿針引線。他們所舉辦的加納之旅獲得極大迴響，有許多人查詢參加詳情，而他們的行動也獲得加納政府的支持和肯定，建議他們定期到加納訪問，建立兩地青年的持續友誼。

這班國內生放眼世界，並不單單關注已發展的國家地區，不單單關心自己的出路，專注於經濟科技，而是關心文化、國際視野這些理想。跟八十後的接觸，我自己的視野也開闊了不少，獲益良多。

九十後也有師友同行

當然，作為青年工作者，我服務的對象並非只是八十後。九十後，甚至是2000年後出生的孩子，亦是我關心的對象。過去三年，我跟政府、社會福利機構和教會，舉辦了一個「成長嚮導計劃」，在中學生當中推行。這個計劃背後有一個信念，就是認定少年人成長過程中「跨代關係」的重要性。我們相信，少年人在成長過程中，如果能夠與上一代建立師友同行的關係，上一代作為下一代成長的嚮導，那樣便能大大增加少年人正面和積極地成長的機會。

「成長嚮導計劃」推行數載，一共建立了約一千二百對跨代關係，他們的年齡相差十歲至二十多歲。每個配對會定期會面，有些是一個星期一次，有些則兩個星期一次。我會跟不同的配對傾談，了解當中的情況。他們的相處令人十分鼓舞，經過初期的探索以後，大部分都建立了良好關係。在互動過程中，很多上一代的感覺是「出乎意料之外」，因為少年人並不如他們想像中那般難溝通，彼此間也不存在很大的代溝；相反，他們對上一輩均十分關心。另一方面，少年人也十分感動，因為他們獲得了上一代的認同。兩世代放下成見以後，便溝通無阻，都願意開放自己的生命，向對方暢談感受和想法。被關懷和肯定的感覺讓少年人信心大增，對讀書有了另一種看法，而最大的轉變還是他們對上一代的觀感，這計劃大大增強了他們對成年人的信任。配對的上一代有時會帶下一代去自己工作的地方觀摩，讓他們對自己的工作方式和態度有直接的學習和認識。親身在職場經歷，也會令少年人對工作興趣大增，有些少年人進行職場探訪以後，更會上網對有關行業作資料蒐集。這計劃透過生活上的接觸，增進了彼此的了解和信任，少年人現在可以很放心和上一代表白有關前路的矛盾掙扎，從而得到啟迪和幫助。

而且我們還有另一個意外收穫，就是透過「成長嚮導計劃」中的家訪，讓為師者接觸到少年人的父母，幫助他們了解自己的子女，知道如何與子女溝通，從而改善他們的家庭關係！

我十分感謝理工大學陳清海教授和他的隊伍，過去幫助「成長嚮導計劃」做追蹤研究，分析這種跨世代師友關係對少年成長的影響，十分冀望看見研究報告的完成和出版。而我更高興的是，由於「成長嚮導計劃」獲得肯定，不少校長支持這項計劃；計劃會持續發展，未來會有更多學校參與，亦有更多成年人加入。

無庸置疑，我是深深被八十後打動，被他們的聲音和行動感動了。我慶幸能夠接觸到八十後真實的一面，而不只是憑媒體的報道。我直接跟他們對話，和他們一同探討社會議題，知道他們聲音背後的意義，和他們所作出的努力。至於九十後，我透過營會、「成長嚮導計劃」與他們接觸。我發覺，跟他們溝通並非不可能；但雙方都須要突破一些心理障礙，願意開放自己來建立互信互動的關係。我對師友同行的課題特別感興趣，因為在我的成長中也經歷幾段這樣難忘、對我影響至深的關係，也是這本書的焦點所在。

我與八十後同行的片段

伴我同行的恩師，年紀都比我大，其中有幾位已經主懷安息，但是與我緊密同行的還有許多青少年，我和他們的關係很特別，既是「亦師亦友」，也是「亦師亦徒」——他們不單成為我的朋友，我在他們身上也有很多學習。因此，我在每堂課的結尾，收錄了一些我與青少年同行的片段，青年人對我的生命，有很多深入的觸動，我衷心向他們致謝，亦想與他們分享我如何為徒。

附錄：給「八十後」一個對話平台

元旦日的遊行中，一羣青年人嘗試衝破「中聯辦」門前警方設置的障欄，引發警民的身體接觸與角力。青年人用聲音和標語表達他們對「政改」、「高鐵」和「劉曉波」事件的訴求。傳媒大篇幅報道，引發廣泛對「八十後」一代的討論，有人批評他們「非理性」和「暴力」。

究竟這一羣「八十後」的強烈訴求背後，隱藏着什麼心態？

他們是為何以這種方法表達內裡的不滿？

（一）累積的「挫敗感」：他們從幼兒到中學的求學路程上，接收到一個響亮的信息：「你們大部分都是失敗者！」。單元的文法學校及單一的評核標準，使一半的學生踏入中學已被認定是失敗者：每年中學會考及格率只有一半，會考及格的也只有一半考上大學。接受另類專上教育的（包括職業培訓或副學士），有一部分仍自覺是「次等學生」，每年超過一萬名「會考零分」的更被認為是一無是處。這種「挫敗感」是他們主觀的感受，亦因為社會部分人士無情的批判變得更強烈。

（二）積習的「悲觀感」：香港15-19歲及20-24歲的失業率持續高企，在雙位數字，遠高於其他年齡組別。這是結構性的失業：工業北移，攀不上金融業，旅遊業提供的大部分是低技術職位；青少年喜好的創意產業、及體育事業遲遲沒有發展；很多「短期」就業計劃未能讓他們看見前景。再加上金融海嘯的衝擊，悲觀情緒籠罩全城，部分成年人略轉樂觀之際，「八十後」仍然抑鬱。再加上城市給青少年不少負面標籤：「吸毒」、「援交」、「欺凌」……只是加強他們的「悲觀感」。

（三）父母的「疲累感」：「八十後」的父母是「五十後」的一代：步入中年後期，工作時間長、職位沒有保障、身體開始疲憊、精力下降、焦慮上升、對退休後生活不夠安全感……對自己的子女覺得陌生、從來未有足夠時間空間交心溝通；對長大了的子女不願放棄、未敢期望。「八十後」對他們的父母不敢交心、若即若離，在家中未能得到足夠的「安全感」。

（四）集體的「無力感」：回歸後，全城彌漫着被邊緣化的情緒；全球目光被北京的奧運、上海的「世博」、中國的崛起所吸引；常常自覺不及新加坡、南韓、日本、印度……一直已有政治的「無力感」，金融海嘯後加強了經濟的「無力感」。「八十後」在家庭中，學校裏、社會中、北上神州、漫遊四海仍不能抹去那自覺的「無力感」。

（五）即時的「滿足感」：美國學者着重「數碼一代」的創意、結連力、辨別力、及求真的意慾（*Grown up Digital* by Don Topscott）。網絡平台改寫了他們溝通、學習、娛樂、消費的模式；數碼結連的速度，增強了他們對資訊的接觸及彼此結連的能力。他們有能力左右美國大選的走勢，提升伊朗反對派的聲勢。他們不願意等待：期待着好像在Facebook的網友即時的回應，尋求即時得到回應的「滿足感」。他們覺得在社會中得不到對他們為「教改」、「政改」、「西九」、「皇后碼頭」、「高鐵」發出的吶喊作出積極的回應。

（六）模仿的「宣告」手法：「八十後」也在尋求「宣告」自己的存在、及心中訴求的途徑。他們觀察台灣的民進黨、香港的立法會發現一定要「出位」，才得到傳媒的報道、搶奪在位者的注意。香港一直保留「遊行文化」；當「世貿」在香港舉辦後，更現場地體驗到另類「宣告」手法的威力。

小結：給「八十後」一個對話平台。香港曾經在十八區舉辦「青年論壇」，及一年一度的「青年高峰會」，讓青少年有一個與特首、局長、各界領袖對話的平台—他們有能力理性地表達他們的訴求、自控地抒發內心的憤怒、有理據地提出一些教育、就業、體育、文化、政治等相關課題的可行方案。當他們知道已經有人聆聽到他們的聲音，並且不輕視他們的力量；他們亦甘願接受一些與自己立場不一樣的可行政策。在對話的平台上，亦需要一些雙方都尊重和信任的「第三方」，成為理性溝通的協調者、及和諧關係的促進者。（*The Third Side* by William Ury）

預期未來仍有「政改」、「教改」、經濟、就業，及文化等相關的議題，與「八十後」有貼身關係。不能漠視他們的內心感受、需要尊重他們今天發出的聲音和力量 —— 他們是這城市的明天。

（原文載於《香港經濟日報》，2010-01-06）

導言

亂

我們這一代的年輕人，在一個急速發展的世界中成長。經濟局勢急速變化，科技發展一日千里，這都是大家有目共睹的。與此同時，我們居住的環境，由於社會的急速變化，生態環境的瞬間改變，已經隱伏着很大的危機，逐漸陷入混亂的境況之中。這些混亂都是有迹可尋的，在我們週遭有着亂的身影在聳動着。

香港的「亂」

在2010年初，大事接二連三的發生，高鐵事件、五區總辭、政改、普選的爭端，加上突然之間在土瓜灣一座舊樓，一瞬之間塌下夷為平地……這些皆顯示出香港現在的亂局和內部矛盾。究竟造就這個亂局的因素何在？

有一個鏡頭我很難忘記。1982年，戴卓爾夫人在北京人民大會堂，跟中國領導人商討香港前途之後，步出人民大會堂，在樓梯上跌了一跤。那一跤，揭開了香港人對前景憂慮的序幕。到1984年，「中英聯合聲明」正式肯定了1997年以後香港的主權回歸中國，不會延續香港租界及殖民地的身分。當時人心惶惶，混亂也開始了。部分香港人用「腳」表示對香港前景的不信任，掀起一連串大規模的移民潮。由1984年到1997年，香港人散居至加拿大、美國、澳洲；甚至連多明尼加、東加王國等不見經傳的小國，香港人一時間也紛紛申請他們的護照，謀求多一重保障。

以上的是看得見的亂，還有看不見的亂，潛伏在管治問題之中。97前，香港最後一任港督彭定康委任了一個「中央政策組」，作為政府制訂政策的顧問，當時我也被政府邀請，加入了這個政策諮詢機構。當時中英代表有很多的爭辯，如機場怎樣興建、土地怎樣分配、教育制度改變等等。我在小組裏面感覺到，爭辯內容都不是最重要，最要緊的是中方十分強調，1997年以後的規劃，要尊重中國的主權。這意味着，殖民地夕陽政府在那十年間不能有任何長遠的規劃，只能夠解決一些當前急需處理的問題。而如何處理這些短期的問題，中英雙方又互相強硬表態一番，警告對方要嚴格執行。我記得當時的氣氛十分惡劣，土地運用、教育制度、社會福利制度、經濟發展、機場的興建，一談便吵架，一吵架便陷於癱瘓，遲遲未能定出一個長線的規劃。這個狀態持續了很長一段時間。

與此同時，在港督彭定康牽引之下，香港開始民主政制的發展。有許多民主派人士走出來，開始積極爭取在社會上、在立法會發表立場，希望爭取97以後，香港能發展出一套高度自治的民主政制。到了1997年，香港回歸，出現另一個我不會忘記的鏡頭：交接儀式舉行的晚上，天空一直下着滂沱大雨。我在添馬艦臨時搭建的會場裏觀看移交儀式。大熒光幕上的彭定康，在雨中低下頭，黯然神傷。

大雨中，英國退場，中國上場接管香港，強調港人治港，高度自治。可是，香港人以往從未試過當家作主，從前的每一任港督，都是由英國委派，管治方針亦全盤由英國政府單方面制定，香港殖民地政府執行。當然，殖民地政府的政治架構還包括立法會和行政會，都有某程度的參與；縱然這個系統的效率非常高，是英國在世界各地實行殖民統治的成功表表者，但絕大部分的參與都只是執行性質。

回歸以後，第一任行政長官董建華在原有的架構上新增了問責制的各級首長，又實行行政主導。不過這個新架構的成員都不是政治人物，大部分來自商界，連董建華亦是商人出身。局長中有來自專業界別的菁英以及學者，政治對他們來說都是陌生的。當時，特區政府給人十分強烈商人治港的感覺。舊的架構與新的架構混合，產生了權責模糊的弊端。不下一次，當時的政務司司長陳方安生表達了她的難處，而當社會上有事情發生時，兩個架構會互相推卸責任，不協調的情況頻生，也顯示出特區政府內部的矛盾日增。後來，董建華因病未能完成兩屆特首任期，由曾蔭權補上。

曾蔭權自己的局長班子，來自他熟悉的港英政府時代的政務官，是由英國殖民地一手培育出來的菁英。他們的行政效率很高，因為執行施政對於他們來說早已是駕輕就熟，加上行政會議裏面的商人班子，都是在香港營商數十年的商界代表，管治架構裏又有許多不同的諮詢架構，吸納社會專才和商界領袖在那裏獻策和給予意見。整個管治架構，到了今天，可謂體現了本土文化色彩，以及香港努力不懈的精神。

只不過管治班底不停的變換，大家都在適應摸索階段，不免出現許多政策上的舉棋不定和失誤，例如教育制度的反覆，大學由四改三，現在又由三改四；由英語教學改為母語教學，後來又需要微調。房屋政策則最為人詬病，給人向地產商傾斜的印象，致使有意置業的人士怨氣沸騰。

當中又有政制發展這個十分令人關注的問題。一班不同政見的政黨人士，按着各自的理想，爭取香港邁向民主化。其實，香港過往一直沒有政黨政治的歷史背景。現在香港的許多個黨派，最初都是因應97回歸而成立。黨派成員以專業背景組成居多，從商的商人走在一起；從事工運的走在一起；接近建制的人士又走在一起。極有可能，成員彼此之間在政治上未必有共同的理念和理想，甚或沒有清楚的政治立場，亦談不上對政治有清楚認識，也就是我們所説深厚的政治底子。很明顯，香港的政治發展還有很多須要改進的地方，我們必須謙虛地承認，我們都是學子，在各方面，為了香港的下一代，為了香港的前路，須要共同努力好好的學習。在這新時代，我們正面臨多方面的巨變，香港要邁向知識型社會，經濟面貌轉變，各式的社會問題，都有待我們理解，找出對治的良策。我們都要充實自己，來回應這個急速轉變的時代。

中國的「穩」

由約翰．奈思比、桃樂思．奈思比（John Naisbitt, Doris Naisbitt）兩夫婦撰寫的《中國大趨勢——八大支柱撐起經濟強權》（*China's Megatrends*：*The 8 Pillars of a New Society*）在2010年1月出版，狂銷千萬冊，令二人一炮而紅。他們以亞洲大趨勢為題，評估大機構的大趨勢、2000年後世界的大趨勢，他們對世界前景的預測，被外間視為有相當高的可信度，主因是他們得到前國家主席江澤民的賞識，可以有三年時間在中國本土進行研究。這本書整體上肯定中國的發展趨勢，也預測中國在思想形態上會面臨劇變，從早期的共產主義和社會主義思想蛻變出來。中國所理解的民主，是垂直式的民主，也就是從上而下而產生的民主，而不是普選產生的民主政制。書中亦肯定中國過往三十年在經濟科技上的可見成績；在全球經濟出現困難時，中國卻持續保持雙位數字的經濟增長，科技上亦取得明顯的突破，太空、醫療、資訊科技的表現處處令人鼓舞。2008年的奧運會，作為主辦國，中國取得驕人成績，又拿下很多的獎牌，令人刮目相

看。中國整體政治及經濟發展相當「穩」，主要是由於政府的主導的「宏觀調控」。

過往十年，我在北京、四川、上海等地做青少年培訓，感覺中國開始重視青少年心理素質培育。教育逐漸普及，中國人的知識水平有所提升，愈來愈多年輕一代有機會接受高等教育，但在很多落後地區，心理素質教育未能跟上步伐，青少年遇到成長中的困惑時，往往顯得非常脆弱。學者、國家領導人亦明白，在經濟、科技各個層面的進步，是我們樂見的事實；但在進步的同時，亦潛伏着許多隱憂，須要大家共同努力解決。

中國已然踏足世界舞台，從G7至G20的世界高峰會議，中國扮演愈來愈重要的角色；2009年在哥本哈根舉行的氣候變化會議，中國亦有出席，發表對世界環境保護的論題。在可見的未來，中國在國際事務上有愈來愈多的參與。與此同時，各國皆密切關注中國的種種舉動，印度便曾數次表示對中國的強盛，和一些政策感到不安。俄羅斯與中國的關係亦是若即若離，時有火花。日本與中國在油田開發、領土主權和經濟政治上不時出現爭拗。兩岸關係持續緊張，而美國在奧巴馬上台後，仍是在貿易上不斷設置關卡，亦在人民幣升值上不斷給予中國壓力……與別國的關係對中國的發展或多或少構成壓力。

香港背靠中國，中國承受的政治及經濟壓力，會直接或間接的影響香港。將來高鐵落成，兩地的交往將更加頻繁，兩地息息相關的情況更為明顯。內地為香港締造了許多機會，同時亦會帶來文化上的衝擊、身分的反思。

世界的「崩」

過去二十年，整個世界經歷翻天動地的改變。

1989年柏林圍牆倒塌，至今已經二十年。當年，我和一班同事遠赴東歐，觀察東歐變天後的改變：華里沙如何號召和組織工人運動，哈維爾如何以一個知識分子的視野，提出很多改革的呼籲，戈巴卓夫如何強調應對新時代的新思維。蘇聯和東歐都經歷了翻天覆地的改變，前天主教教宗若望·保祿二世在他的著作*Memory and Identity*中，就自己成長時期面對納粹統治和共產主義的經驗作了深切的反思，對歐洲歷史和世界關係都有重新的體會。共產世界都在尋找在世界中的定位，佔了地球差不多二分一土地的第二世界，在過去的日子經歷了一場大崩塌，需要重尋立足的支點。

資本主義世界又如何？2008年一場金融海嘯，完全暴露了資本主義內部潛伏的隱憂。自由經濟急速發展，產生的衍生工具五花八門，在眾人以為發展蓬勃之際瞬間失效，揭示了監管機構的漏洞，以及人性的貪婪和無知。這次金融危機牽連之大，遍及全球，一夜之間，從次按問題開始，許多國家一同掉入經濟的泥淖，泥足深陷。雖然各國後來在G20峰會上明言，要一同建立新的金融體系，制定一套新的規管程序，但到2010年中為止，各國之間的分歧仍未能取得突破，不斷的爭辯而未有全面而具體的行動改革經濟。

不過，綜觀現在整個歐洲所陷入的困境，要讓全世界走出經濟陰霾談何容易。香港相對受到較少衝擊，但身為亞洲其中一個金融中心，又是中國的一個特區，自然不能完全置身事外，面對世界金融體系的崩塌，香港也要重新思想自己的定位，在金融規管和制度上作出調整，應付未來的轉變。中國持有大量美元，與第一世界經濟緊緊相連，相信未來的日子，沒有一個國家，沒有一個地區能獨善其身。

國際的「爭」

除了經濟上的全球互動，在政治上的國際關係也是我們需要注視

的。1996年，哈佛大學教授亨廷頓（Samuel Huntington）推出他的著作《文明的衝突與世界秩序的重建》（*The Clash of Civilizations and the Remaking of World Order*）時，引起很多的討論，他認為現今的處境，反映東西冷戰結束以後，九大文明之間的衝突。很多人半信半疑，認為文明衝突在今天社會是可以避免的。直到911事件，美國世貿中心被炸，大家開始相信文明衝突的說法。當時的美國總統布殊隨即發動反恐戰爭，攻打伊拉克，其後又向他認為的邪惡軸心國阿富汗發動襲擊。現在美國的戰線愈拉愈闊，原來恐怖分子遍佈世界，巴基斯坦就是恐怖分子的培訓中心，訓練他們對西方世界進行襲擊。而中東局勢亦動盪不穩，以色列一直未能與阿拉伯國家達成和解，再加上伊朗和北韓的核武問題，整個世界的局面非常混亂，國與國之間的關係緊張，全世界都好像活在恐怖分子的陰影之下。

有人說，現在世界上沒有一個地方是安全的。從前印尼、泰國是度假天堂，但現在也好像危機四伏。世界何處能有一方安靜土？令人頓感無奈。而且衝突中傷亡的不只是軍兵，也包括無辜平民，即使聯合國不斷作出呼籲，也未能制止這個情況，各式的衝突和戰爭給人民不斷的帶來傷害。

際此多事之秋，金融海嘯之後，巴西、俄羅斯、印度和中國，這四個國家正籌組建立聯盟，他們不再靜默，要代表發展中國家，在國際舞台上爭取發言權，爭取經濟上的權益。發展中國家已不甘心再被列強擺佈，讓他們到自己的土地掠奪天然資源，所得的利潤卻盡歸大國所有。國與國之間的緊張關係每下愈況，亦影響我們共同居住其上的地球村。

地球的「暖」

近年來，環保人士不斷發出警告，兩極冰塊正迅速溶解，地球暖化，碳排放逐步增加，原始森林日漸消失，地球出現前所未有的生態危機。2009年創全球賣座紀錄的電影《阿凡達》（*Avatar*）正是以環保為主題；描述強權如何入侵大自然，霸佔其中的豐富資源，而依附大自然生活的人又如何起來捍衛屬於自己的土地。人類對環境的覺醒無分彼此，在2009年末的香港，我們看見八十後為石崗菜園村居民捍衛家園，不只是為保存居民生活的原貌，也是為保護香港的生態環境挺身而出。他們不希望高鐵延伸至香港僅餘的、少數的原始土地，也不願繁華帶來的噪音破壞那兒原本的寧靜。高鐵事件顯示，香港新一代不只着眼於個人利益，他們的本土情懷，與環保意識正與日俱增。

與此同時，各國領袖雲集哥本哈根，謀求為氣候變化問題找出解決辦法，但結果卻毫無寸進，未能達成共識，也沒有具體執行方案。各國都在減低碳排放上互相推卸責任；已發展國家認為發展中國家要負最大的責任，而發展中國家則要已發展國家賠償他們這多年來在他們國家肆虐所造成的破壞。爭議升溫，而氣溫也持續上升，空氣污染繼續惡化，人人自危。

天災的「頻」

除此氣候問題以外，每次打開電視，有關天災的報道便撲面而來。從南亞海嘯開始，似乎天災便停不了，一個接一個，而且一次比一次嚴重，一次比一次造成更大的人命及經濟損失。2004年的南亞海嘯還歷歷在目，突然，中國四川在2008年5月12日發生大地震，震碎每一顆中國人的心。我有機會去到四川，親身體會這場導致千萬人喪命的大浩劫。即使到了今天，四川還未完全從地震中康復過來，許多人仍未重整家園；到了2010年初，1月海地太子港又發生地震，二十萬人死亡，百萬人無家可歸，2月智利強烈地震同樣震憾，及至4月，青海玉樹大地震再度造成巨大傷亡，叫人傷痛，連美國、台灣也出現前所未見的大水災。天災停不了，一處地方出現大旱，另一處卻有水災之患，同時很多原來肥沃的土地正面臨沙漠化的威脅……這些林林總總的天災就好像地球發出的大怒吼，要驚醒世上所有的人！

香港，似乎避過了上述的災禍，然而，非典型肺炎「SARS」及新類型流感「H1N1」亦引起發我們的驚惶。

小結

世局不穩定，國際的爭競，地球變暖，天災頻仍，正是地球村上新一代面臨的困境。據一項調查指出，中國和美國兩個大國，普遍的年輕人都對前景感到不樂觀，抱持消極的態度。這個傾向，實在不得不令人關注。

要突破當前的悶局，使青年人振作，在逆境中依然樂觀地面對前路，我寄望跨代結連。兩代攜手，同心協力，互補不足，突破彼此的限制，闖出一片新天地。面對大環境的轉變，我們或許不能即時作出什麼行動改變，但在面對不安和迷茫時，能有跨世代的同行關係所支持，至少我們不會感到孤單。

迷

身分迷失

香港自從鴉片戰爭後被租借給英國，一百五十年來由英國人管治，在英國文化氛圍下發展。我在香港長大，學校沒有獨立的國民教育課，我知道英國殖民地政府採取一種頗寬容的做法：她並不覺得殖民地人民需要接受英國的國民教育，但另一方面，強調中國人身分的國民教育，他也沒有責任去灌輸。我清楚記得我第一個接受的公民教育就是清潔香港，那隻「垃圾虫」要大家齊心對付，因為牠破壞了我們共同生活的香港，而作為香港居民，有責任維護香港清潔。雖然這是一課簡單清楚的公民課，但就是僅此而已，一般香港人的公民意識都非常薄弱，認為奉公守法，完成學業後在香港結婚就業，置了業，交了稅，便盡了作為一個公民的責任。

香港人一出生便會有香港身分證，但是又有不少人取了英國護照，我記得很久之前有個電視台，完結一天的節目時會播放英國國歌 “God Save the Queen” 。香港人的身分十分複雜，沒有清楚的國民身分，所以香港人會移民，領取其他國家的護照，入籍其他國家。有些人喜歡往美國、加拿大等北美國家，而往澳洲讀書的人，則很可能會在那兒定居，因為喜歡當地的寧靜、廣闊的空間和乾淨的環境。香港人多半因應自己的需要而選擇定居的地方，很少因應自己的身分作出抉擇。如果選擇香港，是因為習慣了香港的生活方式，和有一份歸屬感，但這份歸屬感與身分之間可能沒有直接的連帶關係。可以說，香港人是迷失身分、失落身分的。97回歸，香港突然之間要朝着五星紅旗唱中國國歌，忽然之間要面對定位的問題、身分的問題，那是一種說不出來的滋味，既甜蜜又慼慼然，既陌生又似曾相識。

香港可以說是英國最後一個殖民地，97回歸以後，她像其他許多殖民地一樣，從帝國統治中獨立出來，身分非常特殊。中國政府嘗試在香港推行一國兩制，在一個國家之內，實行兩種制度，雖然同屬中國省市，香港可以制定自己的政策體系。

一國兩制帶來管治模式和經濟體系的轉變。這個模式是新的，尚待摸索的，帶着試驗性質的，與香港人已熟習了的生活習慣不同。兩種生活模式在日常生活中互相角力；表面上，我們儘量習慣、認識一種新的文化，學習在此間生活，骨子裏，卻很想按原有的文化模式繼續生活，到底，誰才是真正的我？

我們經常說，新一代是迷失的一代，其實成年人何嘗不迷失，香港的七百多萬人，我敢說，在這種含混的文化氛圍下，我們其實都處於集體迷失的狀態，只是少年人的身分迷失較為明顯而已。

這是香港獨特的處境所製造出來香港人獨特的身分之迷。

教育迷亂

教育改革並非香港所獨有，因為改革的起因來自資訊科技，它改寫了所有人的學習模式，也動搖了整個社會價值的根基。

由於資訊科技爆炸，資訊變得普及，加上成本低廉，人人皆可獲得，現在我們只要手指一動，透過電腦、新式的電子平台，馬上可以取得世界各地的資訊。不過資訊的監察和規劃卻追不上發展的步伐，讓整個資訊科技體系的價值意義產生混淆——每個人都有發言權，每個人都可以是出版人，每個人既可接收資訊，也可發出資訊。每個人都可以和全世界分享他的生活和想法，再不像以往那般，只有少數人可以向別人傳遞信息、判斷價值、發表言論。這樣的轉變形成了價值的混亂，特別是一些向來為大眾所持守的價值、意義，都面臨分崩離析的關鍵時刻，大家都無所依從，無所依憑，各人只能照自己的想法生活。

中國大陸的人民，率先開始質疑傳統的價值和意義。追溯五四運動開始的懷疑精神，胡適、魯迅、蔡元培等人開始對傳統價值、封建思想等進行批判，不斷質疑自己的過去，希望走出老舊，發展出新的國族認同、新的社會網絡。從滿清到民國，民國到內戰，內戰之後出現新中國，這個過程，對道德價值，對管治架構一次又一次的挑戰。最劇烈的一次是歷時十年的文化大革命，差不多將中國傳統所有的文化價值拆毀。

在香港，由於跟西方社會有緊密交流，西方許多的價值觀念，例如對理性的追求，都讓香港質疑自己舊有的傳統價值，有些人並且要求更多的解放：性解放、家庭價值解放、訊息解放。從前的基本價值都受到挑戰，家庭、婚姻等，都要重新探討定義，一切都在崩裂。

基於腦神經系統的研究，Dr. Howard Gardner不斷推動「多元智能」（Multiple Intelligences）的教育理論：按學生的不同智能因材施教，讓他們多元地發展。在這套研究的影響下，教學的方法及目標都要再思，其中一個重要課題是如何進行價值教育、人格培育，和全球公民教育。全球皆走上了教育改革之路。不是考試模式的改革，而是深層教育意義、方式和目的的改革。處於教育改革風暴中心的是教育工作者。教育工作者從前的責任是傳遞知識，現在則要學習認識教育的本質，什麼是家庭教育、全人教育、通識教育，教育工作者全部都要重新思考、適應，到最後我們都不能不問，到底教育是什麼？

經濟迷谷

全球都在問：到底環球經濟什麼時候才能走出低谷？誰可以帶動經濟復甦？世界各國皆冀待着以上問題的解決方法，不少人將目光投向中國。中國擁有全球最大的市場、最強的購買力，中國應是經濟復甦的紐帶；美國雖然是全球負債最多的國家之一，卻不甘於當老二，仍想保有全球經濟老大哥的地位。歐盟和發展中國家亦不願屈居人後，經濟便形成一片亂局。在強大的張力之下，沒有人敢大聲説，自己確切知道如何走出經濟迷谷。

另一方面，全世界都在談創意工業，談人力資源，談貧窮的國家免受剝削。經濟既要發展，又要取得平衡；在復甦的同時如何不會使貧者愈貧，富者愈富。貧富懸殊很明顯是香港現在面對的困局，中產階層覺得自己利益最不受保障，另方面又有一百萬人活在貧窮線之下，成為社會上的邊緣人，沒能力為自己爭取合乎人道的生活。在低谷之中最吃力的，是那些在家庭中作經濟支柱的，他們大都為人父母，既要照顧家中的老與幼，亦要面對樓價高企、金融波動、職位岌岌可危的威脅。他們的壓力、掙扎與疲累，或多或少會轉嫁給子女，所以青少年也無可避免的成為迷局的受害人。

就業迷惘

就業的迷惘，對青少年的影響最為直接。全球人力市場正急速轉變。大部分農民都因現代耕種機械化而失業，許多農業要政府補貼才能生存。農民數目慢慢減少，轉向第二或第三生產業，即資訊和服務產業。

二十世紀六、七十年代，香港甚為倚重輕工業，後來工業北移，香港頓然失去人力市場一個大板塊，如何轉型發展其他產業？香港現在的龍頭產業是金融業，但不是人人都可以投身。工業失調，金融業又非人力市場的大行業。就業人口何去何從，便顯得迷惘。

教育水準提升，香港成為知識型社會，沒有大學學位的青少年求職時自然缺乏競爭力。職業訓練學校因此應運而生，但職業訓練到底要朝哪個方向走，也是把持不定。過往職業訓練局做了很多研究，對人力市場也作了許多調查，但這些市場不只受香港就業結構影響，也隨着中國大陸的發展而轉變，當中更特別受珠三角相關政策帶動。

當以上這些因素不明朗時，香港政府所說的六大產業能否落實，實在令人迷惘；六大產業中，教育和醫療也給列為產業，更加令人惘上加惘，因為將經濟主導的元素加入教育和醫療這兩種以人才培育和健康為目標的專業，結果只會犧牲了這兩個界別的質素和尊嚴。人有多種的智能，並不囿於六個產業中發揮，年輕人許多的另類智能，經常在愈趨單一化的人力市場中找不到合適的配對，結果他們接受自己不擅長的技能訓練，從事與自己意願相違背的工作，不能一展抱負，青少年的心理發展於是出現嚴重的困擾！

家庭迷困

家是每個人的避難所，但是外來的困擾，令到家庭的兩個支柱——父親及母親極度疲困。

香港大多數家庭是雙職的，父母親要同時工作，才能維持一家人一定的生活水平，特別是香港的高消費生活。香港人工時的長度又是全球數一數二的，有些人的工時高達50小時，金融界更是100小時，幾乎所有人都不能按時下班。家庭擔子如此重大，為人父母者真是相當吃力。不是他們不願意照顧子女，但礙於種種原因，被迫和別人分擔教育子女的責任，甚至全部外判；外判給家裏的傭工、補習老師、老師、社工。一個青少年的成長其實最重要的是和家人的關係、家庭給予的安全感，以及父母的肯定，讓他按着自己的理想、性情來好好地發揮。當家庭關係疏離，又用物質填補這種疏離，結果卻是更疏離。我們經常問，為什麼青少年那麼容易上癮，例如網上行為上癮，吸毒上癮等等。2009年11月，突破書誌*Breakazine!*訪問了100個曾染上毒癮的青少年，問他們最初為何吸毒，絕大部分說是在家中感受不到關顧，後來受朋友唆使，便走進了這個困局。究其最根本的原因，仍是家庭問題。所以我們不要定性青少年是迷失的一代，其實他們不過是分擔了很多上一代的壓力，造成迷困。

少年迷糊

當我還是少年時，情緒經常起伏波動，對前路沒有肯定的想法，總是反反覆覆，這本是很自然的，我當時也沒有主動求助，找人傾訴，只是覺得上一代未必了解自己，於是便找朋友聊聊，但身邊的朋友，其實與自己一樣迷糊，我們就這樣一同迷迷糊糊地度過少年的歲月。

現在青少年人最信任的，是Facebook中的成員，大家同聲同氣，彼此共鳴。這些共鳴能讓彼此之間有支援、互動、交流，同喜同哭。少年人其實仍然有夢想，仍然敢於做夢，但往往不能將夢想付諸行動，所以在Facebook上，我們可以看見少年人為夢的失落一同落淚，他們有的問：我們的城市，除了金錢掛帥以外，還有沒有值得追求的價值？人生還有沒有另一條他可以繼續前進的路？家庭、學校甚或社區的決策，有沒有我參與的份兒？政府最近特別開設一些網上討論區與他們對話，又重開青年論壇，讓少年人有平台發出他們的聲音，消弭心中的迷糊。不過我卻覺得，少年人的迷糊，可以藉着跨代結連解開。兩代各有所長，彼此互補，必能走出迷陣。

01.

知

知人者智，自知者明。

知不知，上；不知知，病。——老子

認識自己

自以為知

回顧自己的生命之旅，有一個時期，我以為自己是通天曉，什麼都知，什麼都懂，那是我中七的一年（因為我的中學沿用英式學校的傳統，所以會將中七説是 upper six）。當時我那一班是 upper six medicine，要修讀物理、化學和生物科。由於我那一班和另一班upper six science是校內年紀最大的，我和同學都自覺高人一等、地位特殊，各個同學往往在學會中擔當吃重的角色。我籃球打得不怎麼出色，那年竟然也當了社際籃球比賽的隊長。

當年社會上牽起了探求物理學的熱潮，所以我們都很嚮往科學，一班男同學心目中的共同英雄就是愛因斯坦。不過我們其實並不懂得「相對論」，物理學知識還在很基礎的階段，只是對那些大師級人物計算出來的方程式、用來解釋宇宙奧祕的理論感到萬分佩服和讚歎。相對來説，化學是我不太喜歡的一科，因為要牢記元素表和許多方程式。

生物則是我最喜愛的一門學科；我特別喜歡上解剖堂。不論是蟑螂、弓鰭魚、青蛙，都統統給我們拿來解剖，從而了解牠們的身體和器官構造。在顯微鏡下我們可看到另一個世界，紅血球組織、細胞中微細的部分，都給我們逐一仔細研究。而生物科的英雄無疑是達爾文，我們覺得他真是了不起，能夠認識那麼多的物種，又能夠將不同的物種一一排列出來，層次分明；從單細胞生物開始，一層一層羅列，到構造複雜的高等生物。物種之間，很明顯有一個演進過程；魚變成爬蟲，爬蟲變成兩棲動物，兩棲動物慢慢又演變成哺乳類動物，繼而有猴子、猿猴出現，然後就成了人。

我們十分尊崇「進化論」的始創者達爾文，亦自以為對人的構造、功能、來源掌握了很多知識。受到科學的熏陶，我們對不論物質界、自然界，化學、動力學等學説，都感到既新鮮又具有説服力。課堂上的學習，使我以為比別人掌握更多的知識。

我讀的是男校，同學之間除了討論知識以外，很少談及更深層的人生問題。我有幾種不同類型的朋友，一類是經常走在一起玩球類的，有時打籃球，有時一起看足球賽。我們會起個大清早，走到球場霸佔一個籃球架，玩上半天。我和另外兩個男孩友情分外要好，別人稱我們為「三劍俠」，去到哪裏都走在一起，有時三個人組成一隊玩籃球，低年級的同學更會走來圍觀。我們樂在其中。

另一類朋友就是與我毗鄰而居的同學，由於住處相近，我們會相約一同上學，上學途中有説有笑，無所不談。他們是與我一起玩樂的朋友，我們會相約上電影院，聚在一起聽歐西流行曲，例如貓王、保羅安卡，以及稍後期的披頭四。我媽媽則聽時代曲，所以我也稍有涉獵，不過我們甚少聽廣東歌。上電影院的話，也是看西方電影，特別是首輪西片，即使票價比較貴，但我們都喜歡看，覺得比粵語片高檔，連放映西片的戲院也好像是高級戲院。我們這一班玩樂朋友走在一起，話題自然離不開這些電影和歌曲。

在學校以外，我還有一羣朋友，因為有共同信仰而走在一起。我小學在一間基督教學校就讀，參加了學校團契，結識了一些朋友；雖然當時我的信仰仍甚膚淺，但也會定時出席，聚會中有男有女，也有我的中學同學。我們舉辦許多活動，一起出外旅行，久而久之，也成了交情較深的朋友。不管跟哪一羣朋友一起，我都覺得相當愉快。

同班同學中，有幾個特別出類拔萃，他們的話題都圍繞不同的理論和學說，又經常參與文化活動。其中一位同學每年也考第一，我記得lower six（中六）那一年，他因病缺課一段長時間，但復課後依然名列前茅。我跟這些同學明顯不是一類的，但我也沒有心生妒忌，因為我的成績也不俗，而且人生方向非常清晰。經過了中五、lower six 的迷糊階段，升上upper six後已經很有把握，決定自己將來要讀醫科，便發奮讀書，努力向目標邁進。

我是家中的長子，弟弟跟我讀同一間學校，在弟弟心目中，我永遠都是他的哥哥和師兄，有共同的朋友。爸爸生活圈子較廣，朋友時有往來，我跟爸爸朋友的子女年齡相若的，也自然在一起玩耍，有定期的社交生活，但生活圈子始終比較單純。

父母對我沒有太大冀望和要求，只要成績中規中矩，每年升班便可以，能否入大學，也從來不是他們的關注點。他們以為，在這麼好的一所中學畢業，無論如何，都能找到一份不錯的職業，因此，我讀書一點壓力也沒有。

這段歲月，我自覺相當快樂，又有幾個圈子的朋友，日子一點也不寂寞、不孤單，課餘經常和朋友打籃球，踢毽子，看電影。總體而言，我對這階段的生活十分滿意，在校內、校外的生活，也隱隱然有一份優越感，覺得自己什麼都懂，什麼問題都有答案。

原來不知

在 upper six medicine 那一年，自以為是通天曉的我，實際上卻非常的無知，我的「無所不知」其實十分脆弱，不堪一擊。事情可由中五那一年說起，那年我既要面對會考，也要面對分科的抉擇。當我要選擇文科抑或理科時，才驚覺原來我對自己的志趣、目標一無所知。最後，我用了篩選的方法——既然文學歷史不是我的強項，考試時也不用心，中英文兩科尚可，但也不算出色，對文科着實沒多大興趣，於是我把文科淘汰出去。至於理科，那年代很少讀理科的人有從事研究再攻讀博士的抱負，畢業後大部分當了教師，既然沒有理想的未來前景，我又把理科淘汰掉了。到了要選科的時候，可能受到電影角色的影響，我心想，做醫生好像不錯呢！而且自己生物科成績頗佳，那不如選讀醫科吧。我就是在這個情況下作了選擇。我當時其實對醫學沒有什麼認識，也不是立志要懸壺濟世，可以說，我對自己的興趣喜好所知甚少。

另一個考慮因素是家庭環境。爸爸行船，四兄弟姊妹還在求學，爸爸負擔整個家庭，生活相當吃力，所以我也想過中學一畢業便出來工作。由於我們的中學是名校，不愁沒有出路，有不少同學中學畢業便加入警隊，大部分很快便升級，其中更有人晉升至警務署署長。當時我有一名好朋友，他一開始便不打算升學，游説我跟他一起申請銀行的工作。銀行業在那年代很吃香，收入不俗又有美好的前景。我的幾位好友考銀行工都獲得錄取，薪酬相當豐厚。銀行方面還説，將來大有晉升的機會。我當時曾經一度心動，也想學他們一樣出來工作。但我年紀最輕，自覺應該多讀書，而父母也認為我太小了，不用急於謀生，到最後我還是選擇繼續升學。可以這麼說，在中五時，我對前路的考慮十分膚淺，也沒有想過自己應該從事哪個行業，對社會作出什麼貢獻等等探究。

到我的自信心遇到考驗，是 upper six放榜的時候，我和同學到香港大學陸佑堂看榜。一看之下，整個人差不多崩潰，世界在我面前好像頃刻間消失了；按我的成績，入讀大學應該沒有問題，但卻無望進醫學院。當身邊的同學還在討論成績和選科，我卻獨自退出人羣，從陸佑堂走出去，心中感到很空洞、極度失落。先前兩年，自己充滿信心，對前景滿有把握，理想一下子被戳破；從前以為自己什麼都懂，一下子被全盤推翻。幸好家人沒有責備，沒給我加添壓力，朋友亦鼓勵我選修其他學系。不過既然我一心要入醫科，便沒有想過還有哪個學系是自己有興趣的。那時有朋友說，不如去讀師範吧，不知怎的，我竟然把心一橫，真的聽他的話去讀師範，預備將來當教師，那是我從前想也未曾想過的。我在師範待了一年，毫無壓力，閒時彈吉他、划獨木舟、打籃球、還學美術，優悠自在，生活相當愉快，只是在學業方面，卻怎也擺脫不了心中低落的情緒。

父母把這些都看在眼裏。我感謝他們一直沒有給我壓力，而事實上，他們最初也想不出什麼方案來幫忙。媽媽比較敏銳，她知道我不甘心讀師範。一天，出於偶然的機會，我聽到父母的談話。媽媽跟爸爸說，既然我有心讀醫科，不如送我往外國升學。爸爸最初也有點猶疑，怕負擔不來，但最後，他毅然決定把所有積蓄給我，讓我完成讀醫的心願。我非常感激我的雙親，原來最了解自己的人仍是父母。他們完全體會到我當時心中的迷惑，明白我的心境！

後來我去了加拿大溫尼辟（Winnipeg）升學。到了外國的學府，才體會到自己是如此的無知。多年來我都睡雙層牀，和兄弟姊妹擠在一起，心中一直渴望擁有自己的房間。到了加拿大，我第一件事是馬上租了一個房間。房子接近學校，租金也便宜。我以為人生第一次擁有自己的房間會很快樂，誰知道第一晚獨自睡覺的時候竟然哭了，原來自己不如想像般獨立，那一刻很失落，很想家！進入學習環境，無知的感覺更是撲面而來。我一向喜歡物理，可是，在加拿大上物理課，真正窺探物理的堂奧，才曉得天地之大、宇宙之闊簡直超出人的想像。到那時我才知道以下的故事：有一趟愛因斯坦的學生問他：「你對整個大自然、整個宇宙，所知有多少？」愛因斯坦回答：「我最多知道百分之二，其餘的百分之九十八是我不知道的。」心目中的英雄坦誠的剖白，更對照出我的無知。

第一年我的主修科是動物學，課程內容當然涉及生物的分類和物種的起源，也要讀達爾文的《物種的起源》（*The Origin of Species*）。細讀原文，才知道我心目中另一位英雄，原來從來沒有解釋，單細胞生物變成更複雜的品種中間的動力是什麼。他認為自己的理論很難解釋，甚至是無法解釋這一點。再推論下去，就是從沒有物種，變成第一個物種，也遇到相同的理論困難。達爾文說，他相信背後一定有一個創造者——“creator”，這個“creator”，他用細寫寫出。他亦很誠實，這本書雖然叫《物種的起源》，但是他並沒有完全解釋物種的起源，也沒有解釋物種的演變中間是如何發生的，動力的源頭是什麼。進化論其實是一個基於假設和推論的理論，我們卻將之視為絕對的事實。教授告訴我們，即使同是進化論，亦有不同的學派，有些學派相信有一位創造者，有些持大爆炸（Big Bang Theory）的觀念。但不同學派對於如何會出現能活動的物種的解釋，仍然是基於各種的推測和假設。所以，無論是物質界、生物界，或者自然界，都有許多祕密尚待揭盅，等待着我們發現答案。到了加拿大讀書，才知道人所知的極為有限，宇宙不少的領域尚待探索。我們的教授也很謙卑，他坦白跟學生說，其實他所知的也是甚少呢！

在大學時代，從前以為知道的知識，都被推翻了。在那段時期，我不得不多謝一些中學同學之前給我的影響，其中一位是徐理強，是中六才認識的，那時他因轉校成了我的同學。他勤奮讀書，成績優異，不久我們便成為了朋友。他儼如一位領袖生，凡事很有立場，也很會關顧朋友。他挑戰我思考生命，向我發問一些尖銳的問題，我第一次和別人討論人生，就是和徐理強。後來我經常住在他家，一同做解剖，慢慢便稔熟起來。我們談得起勁，停不下來時，我會留在他家中吃飯，跟他成了很要好的朋友。當談到進化論和生物起源時，有時甚至起了爭端。他給我看兩本書，一本是《科學的證據》，另一本是《聖經是神所默示的》。兩來書都談及生命最基本的問題：萬物的起源，生命的起源。與他交往，刺激我開始思索一些我從前沒有認真想過、問過的問題，探究一些從前我沒有興趣或者覺得不重要的領域。我真的很感謝他，他從不認為自己是我的師傅，他只認為自己不過是我的同班同學和朋友，但他確實啟發了我。

在冰天雪地的加拿大，一年有七個月，茫茫白雪完全覆蓋着只有四十萬人口的小城溫尼辟。我在一個迎新會上遇到一班學生，他們組織了一個團契，每個星期聚會。團契約四十人，來自不同的學系，有學長，有新生，團契有共同的推動力，有共同的方向，很認真思考一些關於生命的問題。參與其中，我自覺渺小和有限；從旁觀察，在他們身上發現許多不一樣的特質；跟他們的交流，令我反覆思索。我慢慢明白到人的有限與無知，我開始經常問自己一些很基本的問題：生命是什麼，我從哪裏來？這些問題的答案，都不會在我所讀的理科課堂上得到答案。

知道自己不知，原來是生命成長的一個重要起點！

上：在大學期間何皓光（左）是與我同行的好友，同時亦師、亦兄。

下：同行五十年的摯友徐理強（中），當年是給我啟蒙的同學，今天仍有機會並肩踏足上海和四川，參與青少年培育工作。

自知之旅

看着身邊年輕人成長的歷程，我往往產生共鳴，在成長旅程中，總要經過一些尋找、摸索的階段，當他們找到自己要行的路時，我在旁會為之歡喜雀躍。即使短短的一段同行路，我都十分回味、珍惜。

他現在於日本一家科技公司工作，與當地人合作從事網上製作和出版業務。他剛從日本回港探親，與他一同來港的是他漂亮的日本籍太太和一對可愛的兒女。

他來探望我和太太，我們心中的欣慰真是非筆墨所能形容。

當年他約十六歲，有數個月寄住我們家裏。那是我們第一次開放自己的家，接待一些須要生活輔導和教育的青少年。回想當時，我真的不知天高地厚，只因兩名兒子負笈海外，有房間騰出來，便承擔了這個重任。

他讀書成績欠佳，重讀中二，成績仍是不及格，被迫離校，令父母十分失望。由於我認識他的雙親，便提議讓他來我家小住，給他一個成長的空間，也避免與家人的摩擦。我說服一間中學的校長，讓他試讀中三，又保證會跟進他的學業，請求學校給他一個機會。就是這樣，這名少年人便搬來和我們同住。

眼前事業有成，有着四口子快樂家庭的年輕人，就是當年那個前路茫茫的小夥子！他今趟回港，還打算來「突破」幫忙，重新整理網絡系統，給予我們一些顧問意見。眼前的他，眼睛閃着自信的神采，洋溢着喜樂，對前路、對家庭也是信心滿滿。他很重感情，縱使我們多年不見，他已在日本事業有成、成家立室，還特意前來拜訪我，跟我分享他的快樂。

他從前真的走過一條漫長的路。剛來我家，我打開他的成績表一看，心立時往下沉。那是一張真的可以用「滿江紅」來形容的成績表，當中只有體育和美術科成績尚可。我問他有什麼喜好，原來他並不了解自己，不知道將來可以做些什麼，所以便提不起興趣讀書。學業造成他很大的挫敗感，父母則對他很失望。他也沒有把握能在新校有比從前好的表現，對他而言，升讀中三真是十分牽強。因此之故，他選擇逃避，有時會無故失蹤和曠課，有一趟，還因此給我大罵一頓。我也十分驚訝自己竟然大動肝火。太太也十分驚訝，事後問他是否害怕蔡醫生大發雷霆；他說：「這種場面我見慣了。」原來他竟然無動於衷，然後又說：「其實我都聽不到他說什麼！」他這麼一說，反而是我感到驚訝，不禁好好反省。原來大聲喝罵一個人並不能收到我們預期的作用，年輕人有他的另類智慧，聲浪到了某一個分貝，他們便「自動關機」，拒絕接收傳過來的波段，而我的話也是白說了。我想這不是辦法，與其勉強他讀書，不如跟他一同共渡難關，了解他的問題所在。由是之故，那一年我對中三所有學科都十分熟悉。許多時候，我甚至陪他上學，從家中出發，與他一同步行到火車站，一邊走，一邊聊天，有時又會相約他去喝下午茶。我改變了和他相處的方式，彼此更加投契。

後來，我發現他房間內貼滿了海報，都是一些有關日本漫畫的海報，他只聽日本歌，很沉迷電腦，又喜歡繪圖。從前看見他只顧聽歌、上網，我會罵他，着他多放時間在學業上。我猛然醒覺，這根本不是他的強項！我再細心留意他的成績，歷史和語文課，得分通常較高，理科如化學、物理，則一定拿低分。我決定幫他定下目標，向中文、英文和歷史三科努力，同時不要放棄美術科；其他科目，如有少許進步都會有奬賞。設定目標以後，便從旁鼓勵、陪伴他。到了大考放榜，我剛巧不在港。我回港以後，立刻詢問他的成績，他給我看成績表，一如所料，化學、物理都不及格，但中、英文、歷史等統統及格，他告訴我，學校還打算讓他升班。他很開心的說：「我升班了，可以升上中四。」

我也很高興，他已回復了自信，並且嘗到了努力後取得成功的滋味。升班以後，他決定搬回家住。我跟他前後足足共同奮戰了一個學年。後來他整家移民，他在加拿大的社區學院繼續學業，修讀電腦程式設計，以及一些與美術相關的課程。他仍然很喜歡日本文化，所以也選修了許多與日本文化相關的課程，一步一步朝着自己喜歡的方向發展，成績也很不錯。有一次他回港，順道來探望我們；我問他怎會突然回港，他説他預備往日本面試。一間日本公司留意到他用日文設計的網站，網站展示了他製作的作品，該家公司十分欣賞他的創意，經過一番交流以後，決定請他到日本面試，希望羅致他。最後，他通過面試，該公司決定聘用他，自此他便往日本發展。我們一直保持聯絡，也為他覓得一份自己喜愛的工作感到慶幸。後來，他更認識了一位日本姑娘，不久後便締結良緣，生下兩個可愛的小寶貝。今天他在日本一家資訊科技公司任職，也與當地人合作，從事網上製作和出版業務。

我必須承認，當我初次遇上他的時候，對他的認知十分有限。我經常責備他沉迷電腦，沉迷漫畫，誰知這些都是他的強項。以後，我跟年輕人相處時，不會動輒責難，我以為的弱點，很多時就是他們的強項，最終這些強項會在某個領域顯露出來。青年人發現自己的才能，須要經歷一段過程，他們須要別人陪他走過這個旅程，從旁鼓勵，協助他們發掘心中的寶貝，善加利用。

認識自己，始終是一個人生命成長的重要起步點。

我在日本大阪與這位青年人（後排右一）和他的日本籍太太及兩個兒女相聚時合影。

02.

01 知　03 尋

遇

當年仍未有人將我看在眼內，
您竟然發現我在掙扎。

您沒有掉頭擦身而過；您的心思，
您的微笑，讓我確信成功有望。

您對我堅定不移的信心，
成為我向着標竿前行的動力。

即使我遭遇挫折，
您仍然與我並肩同行。

能夠遇上您；
使我活得更美、更善。

——〈師友〉，加拿大雕塑家，Richard Kramer

竟然遇上了你

那已是十五年前的往事。

當時我與朋友結伴去尼加拉瓜大瀑布遊覽，途經一個小鎮，那兒有一些小店舖，我隨處蹓達時，被一個窗櫥裏面擺放的銅雕吸引，銅雕旁放了一首詩，就是前面引述的詩。

這首詩深深觸動我，特別是最末兩句：「能夠遇上您；使我活得更美、更善」。一連串面孔在我腦海中掠過，他們都是讓我心懷感激，給我啟發，與我同行的生命師傅。中國人說「知遇之恩」，是指在人生中遇上一個認識你，給你肯定、發掘你潛能的恩師，他們能引領你走上一條更豐盛的人生路。

最初對我有「知遇之恩」的，是我求學時遇上的師兄師姐。當然，在學校遇上的眾位老師對我的啟蒙也是不可忽略的，但從旁觀察一班師兄師姐如何在生命旅途上奮力前行，他們對生命的執著和永不言悔的表現，深深的觸動我的生命。

我真的可以嗎？

從自以為知到真的不知，我覺悟到自己對這個世界所知的實在十分有限。當我踏上征途，往加拿大留學時，我乘坐一艘名叫President Cleveland的郵輪，飄洋過海，用了二十一日時間才抵達加拿大，然後還要坐火車，才來到緬尼吐巴省（Manitoba）溫尼辟市，在那兒度過了七年的大學生涯。當時我尚未意識到，原來自己的人生召命，就是在這七年間奠下了根基。

隻身前赴加拿大升學，我感到有點孤單、迷失，但也有點興奮。處身於新的環境，一方面我知道海闊天空任我闖，很多新知識在等待着我，但另一方面初到彼邦，感覺仍很陌生。不過在這時候，一班師兄姐邀請我參加他們的定期聚會，我立時感到疑惑，我真的可以成為他們當中的一員嗎？

進了醫學院，我留意到一位很出色的學長何皓光。每當他穿上白袍，在醫院中四處穿梭時，都顯得神采飛揚，談起醫學院的種種特色，他的描述和講解既動聽又傳神。他也在教會中擔當傳譯，不管中譯英，抑或英譯中，都非常流暢有力。我們許多後輩均十分欣賞這位師兄。大學後來辦了一份《泉源》雜誌，就是由何皓光擔任中文版的編輯。他文筆優美，又寫得一手好字，真是惹人羨慕。

有一趟，他靜靜走到我面前，鄭重地說，他擔任傳譯已有頗長時間，很想栽培一些新人，分擔他的職責。他問我可不可考慮當他的接班人。我望着他，感到很驚訝，我跟他說，我從來未試過當傳譯，從小學到中學，也未嘗站在公眾面前說話，即使在班房裏演說，也會感到忐忑不安。雖然我這樣說，他卻表示不同意，說曾經聽過我的分享，只是短短數分鐘，中英文的表達都非常流暢。我依然極力推辭，堅稱自己無法勝任。師兄認為我不妨一試，而且為了幫助我增加自信，他會給我充分的指引。我說不過他，於是勉為其難，開始第一次的傳譯。教會牧師知道我年紀尚輕，又沒有經驗，他預先將講章寫得盡量詳細，方便我事前做好準備。儘管如此，我還是帶着戰戰兢兢的心情踏上講臺。意想不到地，我的表現獲得肯定，也使我以後不斷有機會操練。

後來，我也參與《泉源》雜誌的支援工作：油印、釘裝、寄發，何師兄甚至還叫我嘗試投稿。其實我不知道如何寫作，但在他的慫恿之下，也嘗試拿起筆桿，寫一些短文，或是人物介紹，或是自己的心聲。其實我的文字相當粗糙，卻有幸獲《泉源》刊登，後來又選輯出來，與其他文章編成文集《等》、《給摘星星的人》，着實意想不到。

但凡做任何事，人都不能孤軍作戰。當年《泉源》雜誌得以定期出版，有賴不少同學抽出時間，每星期定出時段做義工，全民投入，各司其職。出版一本雜誌牽涉的工序原來相當繁複，除了編輯、製作和批發的工作，還要處理不少行政文書的工作，《泉源》雜誌還有海外讀者，讀者的來信我們都要認真回覆。有時我們會因意見不合而吵架，雜誌內容大部分涉及留學生，這又會挑起很多爭議話題，揭露我們一班留學生背井離鄉，孤身在外所遇到的種種問題和衝擊。我當然不例外，遇過留學生普遍會遇到的一切問題，包括生活、工作和學業。亦因為一齊做雜誌，我順理成章地與義工一同面對、思考這些問題，七年下來，交了不少推心置腹、無所不談的知心摯友。

大學的暑假前後足有兩個月，所以很多大學生必定把握時間做暑期工，我也不例外。不過除了暑期工，我們又幾個人組織成一個小隊，驅車往加拿大大小省市，甚至南下往美國探訪，我們稱之為「福音之旅」（Gospel trip）。不下一次，我被編到何皓光領隊的一組。他總是準備充足，有很好的部署和策略，每到一個探訪點，每個人都要站出來分享。最難忘的一次是站在街頭，向路人講述自己的故事。我們又曾探訪監獄，與囚友分享生命信息。不管是在小組中，或是個人面對面傾談，我都有很多機會操練，使我不怕對人開敞自己，暢談自己對生命的看法。

事隔四十多年，當年的朋友大多健在，每趟聚首，都會暢談往事，無限依依。那時我們一起共事，總是無分彼此，每個人都有機會做領導。去到不同的省市，我們會輪替分配職務，搞冬令會時每一個人都有機會擔任組長、主席。記得某一年，我被選為籌委會主席，碰碰撞撞的，犯了好些錯誤。我當團契主席那一年，更是錯漏百出，所以到任期屆滿時便不獲留任，自己也十分黯然。不過，若是好朋友，便會接納你，經歷被人接納，便能經得起挫折，也可以坦然接受自己的失敗。

從小我已經很膽小，鮮有獲得師長的肯定和讚賞，任何校內的選舉，我都不會被提名、被選中。記憶中，我從來未當過班長，只是在中六時，當過一次副班長，所以我很懷疑自己的能力。但是在大學期間，我得到師長的激勵，開始認識自己，發現自己的長處，有勇氣嘗試一些從前不敢奢望的崗位。

這些年間，我明白到一件事，就是我可以突破自己：只要勇於嘗試，不怕失敗，在師友陪伴下，仍可以奮勇前行。

《聖經》說：「我們都是瓦器，卻有寶貝放在裏頭。」我卻以為，即使是瓦器也是一件寶貝，只是它用不同材料造成。我們的生命就是一件瓦器，我們要使它發出應有的光芒。

是我嗎？

七年大學生涯轉眼結束，那時我剛在醫院完成實習，結了婚不久，大兒子剛剛出世，我心裏仍在掙扎究竟應該進修抑或行醫。我的內科主任十分肯定我的才能，認為我應該在內科繼續下苦功，如果我多進修數年，便能取得一個內科的專業資格。就在我正考慮的時候，一位先回港在播道醫院任職的師兄給我來信，道出醫院人手短缺的情況，當時「服務香港，貢獻祖國」的想法很熾旺，不少受過高等教育的年輕人都有這個抱負，他知道我亦有心服務香港社會，便鼓勵我實踐理想，回港加入他們的醫療隊伍。經過一番考慮，我便踏上歸程，回港工作。

我隻身負笈海外，七年後回來，已經是一家三口，帶着妻兒與父母一家團聚。父親特別高興，筵開數席，大宴親朋，算是給我洗塵，兼補請結婚和孫兒彌月的喜酒。不久之後，我便開始在醫院上班，很快適應醫院的運作，積極投入，而且有經驗豐富的上司督導，一切都非常順利。我當時真的以為，自己會就此開展一生的事業，學以致用，當個稱職的醫生。

香港的九龍寨城，人稱「三不管地帶」，龍蛇混雜，黃、賭、毒（色情、賭博，吸毒）場館林立，一般人往往不敢貿然踏入這個社區。有一次，我被邀請以醫生的身分，出席一個於九龍寨城舉行的聚會，講述「戒除毒癮」的問題。那是一個為戒毒者而設的醫學專題，與會者都是一些年輕和中年男士，約有二十餘人，他們大部分都曾吸食海洛英。當聚會正式舉行時，我留意到一位女士坐在最後一排，非常專注地聆聽。我講説完畢，便趨前跟她打招呼，因為她完全不像吸毒者，在芸芸一班男士中非常惹人注目。她自我介紹，説自己是蘇恩佩。我一知道眼前人是蘇恩佩，便覺得非常興奮，因為我看過她寫的文章，也知道她寫了一本名叫《仄徑》的小説，描述一位女士為了追尋自己的理想，從美國踏上歸途，甚至放棄愛情。許多留學生都愛看這本小説，很喜歡《仄徑》的故事，對書中主人翁的遭遇深感共鳴。我在那個偶然的機會結識她，着實感到高興。

後來我們又在不同的場合碰頭，有機會詳談，話題離不開香港的社會實況。當時是1972年，香港經濟正慢慢起飛，顯露出成為大城市的潛力，但同時年輕的新一代卻對前路有許多的探索、疑慮和反思。我們經常留意報章雜誌關於年輕人的報道，也留意他們愛看的刊物，其中受年輕人歡迎的有《中國學生週報》、《青年樂園》等，但也有雜誌因不能經營下去而停刊，例如文學雜誌《文林》，和基督教雜誌《燈塔》。我們慢慢觀察到一個文化現象：認真而有深度的雜誌開始隱退，報攤上，色情刊物琳瑯滿目，開始充斥閱讀市場。蘇恩佩和我萬分感慨，不免為身處其中的青年擔憂。

為此，蘇恩佩發表了一篇題為〈我可以為這個城市做什麼？〉的文章，這篇文章牽起話題，引來許多人的關注，以致陸續有人加入討論，包括現任突破機構總幹事梁永泰，他那時剛剛大學畢業，在學校教書，而許多後來加入「突破」的人，也慢慢匯聚起來，例如《突破雜誌》「明心信箱」的主筆詹維明。我們自然地組成一個小組，圍繞這個核心問題經常聚會分享和交流。透過我們的互動，一幅鮮明的圖像漸漸浮現，我們看到年輕人正在尋找生命的方向，和屬於他們的價值取向。從此以後，我們的聚會找到了焦點，眾人一同努力研究這方面的課題，搜集相關的資料，分析報章雜誌的市場，了解年輕人的閱讀習慣，我們不知哪來的傻勁從事這許多的工作。

一天，蘇恩佩一臉嚴肅的跟我説，她愈來愈覺得，既然我們一班人走在一起，應該嘗試為年輕人辦一份雜誌。對於辦雜誌，蘇恩佩固然頗有經驗，她曾經在台灣擔任《校園》的主編，亦在新加坡出版過《前哨》雜誌，對象都是青年知識分子。只是她今趟回港原是為了養病，醫生吩咐她要盡量休息，不可以操勞，因為她的甲狀腺有癌細胞，雖然接受過手術和電療，但她的身體其實十分虛弱，須要靜心療養。

不過她心裏有很強烈的願望，想回應香港青少年發出的「低調吶喊」。她問我，如果她辦一份雜誌，我會不會考慮參與。她還説，期望我是雜誌的其中一個主力，與她一同擔當創刊的工作。我不免疑惑，我的本行是醫生，雖然曾義務參與大學雜誌的出版，但嚴格來説，我對出版和編務工作一竅不通，我清楚的跟她説：「這個不是我的專業！」蘇恩佩搖頭道：「過去跟你相處了一段日子，我感覺到你對年輕人的心是火熱的。當你利用業餘時間，去學校和年輕人分享時，很明顯你表現得相當投入。我真的相信，你對這個城市，和城市中的青年，有一份真摯的情感。」我看着她，眼裏透露着真誠，她沒有催逼我，只着我安靜的思索一下，稍後再慢慢詳談。

回到家裏，我把蘇恩佩的想法告訴太太。太太是護士，和我在大學認識，從一開始，她都十分了解我，知道我對香港，對中國的一份情，和服務香港社會的心志。太太一直知道我們這一班人的努力和夢想，她與蘇恩佩一樣，察覺到我對年輕人那份難以言說的情懷。於是，我們抽出時間，一同往離島安靜、祈禱。

從離島回來，我們心裏已經有清楚的決定。1973年，我辭去醫院全職醫生的職務，改為擔任半職，用餘下的時間籌辦雜誌。在大家同心協力之下，1973年底，《突破》雜誌便告誕生。

直到今天，我心裏還有一個疑惑：是我嗎？我真的適合辦雜誌？但內裏又有另一種推動力對我說，何妨一試？這種推動力，很明顯來自蘇恩佩，也來自籌辦小組的成員，我們彼此肯定，互相鼓勵，驅使我踏出那嘗試的一步。

那時候，我並沒有想到，原來那一步，竟讓我走出一條全新的人生路；三十七年來，我都在「突破」的服侍崗位上孜孜不倦。

三十七年來，「突破」不斷演變，在服務年輕人的工作上勉力前行。每當遇到轉變，同樣的問題又在心中盤旋：是我嗎？1976年，《突破》雜誌刊行了三年，我們因應需要，開始了小規模的輔導工作，我是輔導小組的負責人，透過不同的渠道進行輔導，包括個人、小組、書信答問、電話，繼而是電台節目，也有「明心信箱」的輔導環節。需求愈大，心中的呼喊愈大：是我嗎？這個疑問驅使我於1976年，下定決心出國進修心理和輔導。

修讀課程的兩年間，我不斷思考將來的路向。跟第一次出國留學不同，這一次，我經常去拜訪我的教授，例如 Dr. Gary Collins，請教他我是否適合做青年工作，我真的適合嗎？那真的是我應該做的嗎？

不管是Dr. Gary Collins，或後來遇上的生命師傅，他們都不約而同肯定我這個「召命」。

今天，回顧自己走過的路，可以說，我是無悔的，我沒有選擇錯誤。

她的世界如此大

當我畢業回來，從1977年開始，我便放下醫生工作，全職投入「突破」的行列，由於資源有限，我的工作是全方位的，我是出版社的社長，但亦要兼顧輔導、編務和研究的工作，而蘇恩佩仍是雜誌的總編輯。後來「突破」不斷擴展，增加了《突破少年》，又有影音的工作和電台節目。

我與蘇恩佩女士在「突破」同行十年，她在1982年離世，安息於主的懷裏，她的最後一部著作《死亡，別狂傲》，給我們分享了她對生命的反思。我為這本書寫序，題為「十年戰友」，寫下十年來我對她的觀察和感覺。她從來沒有說要當我的師傅，不過雖然沒有說，但我心底裏早已以她為師。我對青年工作仍是茫然不知時，她已經累積了豐富的青年工作經驗，不論在台灣、美國、新加坡，繼而在香港，她也四處奔走，用文字、用話劇，將重要的生命信息傳播出去。

我們在「突破」共事的人，皆被她的待人接物所感染，她是如此的認真、一絲不苟，雜誌的每一篇文章，她都對遣詞用字反覆斟酌推敲，仔細修正潤筆，不厭其煩一改再改，有時更會與作者為了一個段落、一個用詞、一個概念，花上許多時間傾談。我曾向她提議，不如由你親自執筆還省時；她不以為然，寧願用精神時間來栽培年輕人寫作。她是如此執著，照顧到雜誌的每一個細節。我也有參加她的寫作班、論壇，學會了「抗衡文化」、「文字救贖」、「自甘貧窮」、「回應社會」等等的理念。那時社會上發生許多事件，她都會走在前線，參與其中，一方面在文章中表達她的真知灼見，一方面又會和我們親赴現場，經驗事件發生的經過。

我觀察到她經常閱讀許多不同範疇的書籍，她的言行、對社會的關懷，和內心的激情，往往與她閱讀的書有關。她又經常送書給我，從這些書籍，從她寫的文章中，我發現她的內心世界是如此廣大！

由於她的推介，我也喜歡上德國一位學者潘霍華。他年僅二十一歲時，已拿下博士頭銜，繼而開始教學和神學研究。遇上納粹主義狂飆，他獨排眾議，發出正義之聲，他的電台被查封，他本人則遭受軟禁。後來他轉而從事地下活動，也繼續神學教育，最後給納粹黨正式逮捕，囚禁起來。1945年，剛好德國戰敗，第二次世界大戰結束前幾個月，他在獄中被處以死刑逝世。

在潘霍華回到德國以前，國外有不少大學都邀請他前往任教，以期幫助他脫離納粹的魔爪，但潘霍華最終選擇回到祖國。他說：「倘若我在這時刻不選擇回去德國，將來當德國重建，我不認為自己有資格參與。」結果他踏上歸途，三十九歲便英年早逝，結束了一個知識分子的生涯。

蘇恩佩熟讀潘霍華的書，在她身上，我隱然看見潘霍華的影子。

另外，她又開始了一項重要的翻譯工作，嘗試將第二任聯合國祕書長韓馬紹（Dag Hammarskjöld）的日記式自白 *Markings* 翻譯出來，後來因種種原因，未竟全工。身為聯合國祕書長，韓馬紹天天都十分奔波勞碌，主持無數大大小小的會議，回應千千萬萬發生於世界各地的危機。但不為外人所知的，是離開人羣獨處的時候，韓馬紹的心靈經常在悸動之中自我撞擊。在 *Markings* 裏，他處處流露對自我、對世界反省的痕迹。他是經常

「退隱的沉思者」，他不迴避自己生命中的缺失，用文字記下整理自己生命的過程，生命的整理是面對自己黑暗的一面，面對一個真實的自我，過程有不少的痛苦。

蘇恩佩像韓馬紹一樣，是一個行動者，對這個城市的青年人作出行動的回應，經由她創辦的便有《突破》雜誌和《突破少年》雜誌，她還在雜誌裏寫專欄，自己也同時間在寫劇本，寫時事評論。很少人知道，她也像韓馬紹一樣，用很多時間獨處沉思，整理生命。法國著名社會學家積依路（Jacque Ellul）亦是蘇恩佩敬重和推薦的作家，他寫的書見解獨到，對現代科技、媒體有很深入的批判，對城市結構有很獨到的反省，對政治亦有非常尖銳的意見。蘇恩佩從這些人的著作中得到啟迪，從而建立出她自己的一套思想和理念，透過創造文化來回應社會的需要。

相對於蘇恩佩，我一直受理科的訓練，走的是醫學的路。因為「突破」，後來我又走入輔導、心理學的領域，但我的世界觀其實很狹窄，文化知識也很膚淺。在我身邊的這位生命師傅，她的世界卻是如此之大，潤物無聲，不知不覺間，我頭上的天空也給她開啟了。

自選的路

猶記得蘇恩佩桌前一個小文件櫃上，有幾張小海報，上面寫着很有意思的句子，其中兩張給我特別深刻的印象，它們分別是："If you truly love someone, set him free."、"To love someone is to give him space to grow." 我相信這些句子是她反思的指引。

當我回想自己與她同行的日子，我記得她給我很多空間，與她相處從沒任何壓迫感。當時我以為這些空間是必然的，後來才發覺不一定如此。

我也曾碰上其他師傅，他們啟發了我，擴闊了我的視野，在思考和人生上給予指引，但後來他們的言語使我內心漸漸感受到壓迫。有些師傅希望我隨着他們的方向走，以致雙方開始在交往中有所迴避，師友關係不能維繫下去。

當我回望與蘇恩佩的關係，我們有很多相同之處，信仰上有同一份執著，對年輕人有一份真摯的感情，對香港有投入和承擔，而且我們同樣有份濃厚的中國情，即使她身體不好，也堅持到長城和北京的街頭，跟小孩和年輕人拍照。這些共同的執著、承擔、召命，令我們有很多互通的地方。儘管在不少課題上，我們持不同意見，就例如蘇恩佩最後編的雜誌題目是「先造人，再造女人」，我們為此討論男女的角色和位分，表達不同的意見，那次交流觸發我開始思想有關男性的課題。

有一次我問蘇恩佩：「我眼中的天空總是藍色的，但為何你眼中的天空卻多了一層灰色？」她答道：「元雲，你慢慢就會明白。」當時我並不明白她的意思，但經過多年的起跌，家庭裏又遇過不少的風浪，再加上自己閱歷漸深，以致我對生命的看法改變了，漸漸明白她昔日這番話的意思。

在出版一本又一本雜誌的過程中，我擔任社長，主管行政，負責對外和教導的角色，逐漸發覺自己愈來愈嚮往青少年輔導工作，例如組織小組和營會，透過這些活動培育他們的心靈和生命。我也逐漸擴展輔導中心，舉辦了很多有關輔導的專題講座，除了培訓義工和自願者，我們更與一些學院合作，開辦輔導訓練的碩士課程，開始專業的培訓。

一次與蘇恩佩傾談，她突然說：「元雲，不知什麼時候，你帶了一整條船的人來『突破』。」我望了望她，搞不懂她的意思。當時「突破」已不止是一本雜誌，逐漸演變成「突破出版社」，又開設了輔導中心，我也兼任輔導工作和開辦輔導課程，招聚了很多專業的輔導員和教師，進入「突破」分擔教導、輔導的工作，蘇恩佩所說「一條船的人」就是這些許多不同的人的意思。

從蘇恩佩的眼神，我看出她沒有責備的意思，但我明白自己由於輔導工作的拓展，減少了雜誌出版的參與，因為我心裏暗暗覺得自己屬意從事輔導工作，編輯寫作等文字工作始終不是我的專長。我認為青少年工作和雜誌出版是相輔相成的，除了透過媒體接觸和回應年輕人，面對面的培育和輔導也很重要。在那時開始，我在往同一個大方向前行的路途上，走出了另一條路，一條我自選的路。回望過去的日子，我十分感謝蘇恩佩，一位亦師亦友的同行者，她寬廣的心懷，給予我選擇前路的空間。

上：十分珍惜那十年與蘇恩佩並肩作戰的時光。
下：恩佩在天安門留下她的足跡；她的國家情懷對我有一定的感染。

是他吸引了我的眼睛

說到相遇，我便想起他，一位差不多同行了十載的年輕人William。在一次香港傑出學生會議上，我遇上了他，當時他是其中一位大會司儀。他就讀名校，而且曾被選為傑出學生，無論談吐、舉止、見識，都令人眼前一亮，惹人注目。我也不例外，對他留下深刻印象。這是人生中的一次偶遇，後來在另一個場合，我跟他再次相遇。

在我們兩次相遇之間，在他身上發生了一段對他影響深遠的人生插曲：他遇上嚴重車禍，並且一度昏迷，失去部分記憶。這趟車禍，不但影響他的學業，也影響他的社交生活。當我們重遇時，我們對對方都有印象，於是便開始攀談起來。他告訴我，車禍雖然令他失去記憶，但慶幸有位愛他的父親，對他不離不棄。父親在他臥牀期間，在他耳邊不斷憶述他的童年往事，試圖幫他重拾記憶，填補車禍中腦袋失去的檔案。我對他父親感到欣賞之餘，亦深深體會到William絕不放棄的精神。車禍後他的學業受到影響，但他一直沒有放棄，我也從中幫忙，為他物色適合的學校就讀。後來得到嶺南大學幫忙，取錄他為試讀生，使他能踏足大學校園。最終，在他的不懈努力之下，他各方面的能力漸次恢復，無論書寫、學習和表達，都漸入佳境。他從災難中走出來，回復從前的狀態，在學校中表現出色。

後來我被香港政府委任為「青年事務委員會」主席。我在會上表示，要引入多一些年輕人加入委員會，並且建議了一個名單，當中包括我認為能代表香港年輕人的表表者，其中一位就是William。他代表了新一代永不放棄的精神，勇毅地跨過交通意外的傷痛，克服重重的障礙，成功在學習上取得驕人的成績。因此，他獲邀加入成為其中的一位委員。我又在香港各區定期舉辦「青年論壇」，在論壇上討論與青年人相關的社會議題，蒐集資料，從而向政府提出制訂相關政策的一點建議。連續六年，每年有五六百位青年人參與「香港青年高峰會議」，我們邀請了特首、局長、政策局官員和各界領袖出席，William都積極參與，帶領一些小組討論，甚至共同主持大會。

William和我之間不止是工作的接觸，在工作以外也有很深入、廣泛的交流。他是委員會當中最年輕的成員。後來陸續有青年人加入，使整個委員會增添不少朝氣，會中的交流和討論也變得更活潑和充滿活力。因着年輕人的參與，我在「青年事務委員會」的幾年，感覺十分充實豐富。

我離開委員會以後，William仍然在其中服務，我們在不同的場合碰面。我主持的講座，他經常是座上客，有時還與父親聯袂前來。每次見面，我們都少不免傾談一番，話題一般都圍繞香港的民生和社會問題，而有時更會觸及生命重要的主題，無論我們談什麼，William都會坦誠的與我分享。

十年以來，我與他同行的痕迹從不間斷。

一開始，是他吸引了我，使我定睛在他身上。我確信，青年人的生命的確有許多值得欣賞的地方。

在2004年「香港傑出學生協會」主辦的香港青年高峰會席上，William與我相遇。

03.

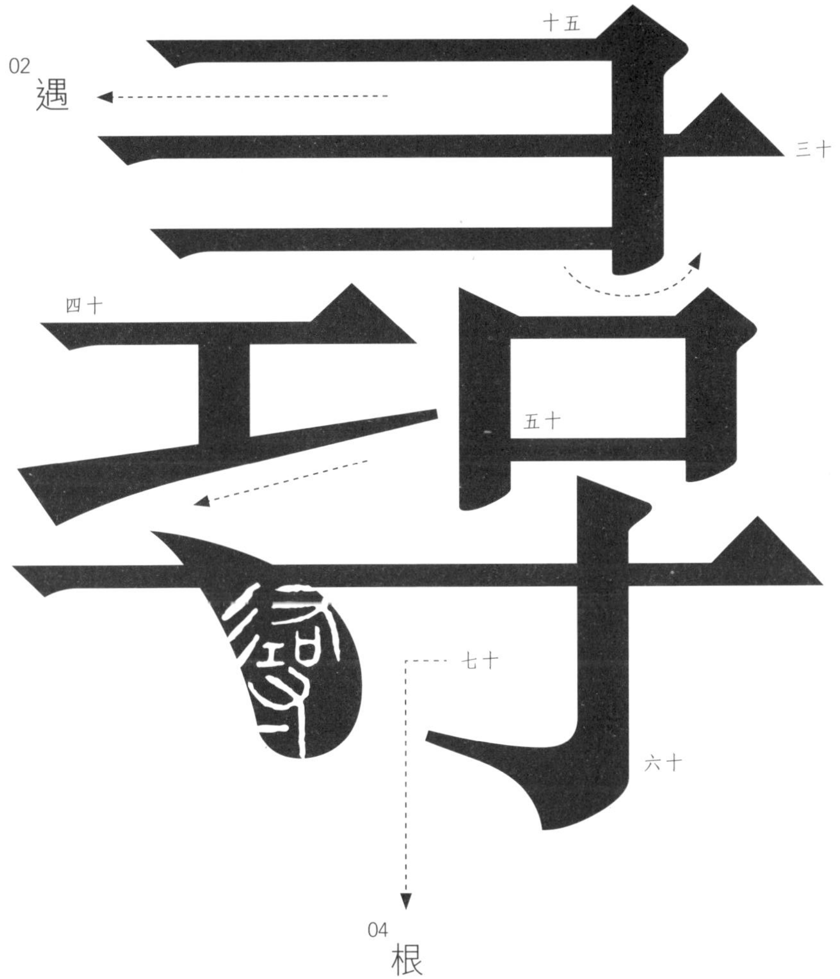

尋

吾十有五而志於學，三十而立，四十而不惑，五十而知天命，六十而耳順，七十而從心所欲，不逾矩　　——孔子

主動尋師

引言

前段的引言是孔子對自己生命歷程的回顧，我對他的體會很有共鳴。十五歲那一年，我從自以為知、其實不知的狀態中覺醒過來，開始對周邊的世界進行探索。探索的歷程雖然被動，但總算是起步了。三十而立，我亦是在大概三十歲時找到生命的立足點，開始意識到自己的定位。三十歲以後，我建立了自發的驅動力，開始懂得積極主動地尋找師傅。三十歲以前，還是一名小夥子時，經常會有長輩提點，發掘自己的恩賜所在，從而加以栽培。但過了三十歲以後，若果自己不主動多行一步，便很難再有人主動教導和提拔你，所以這個時期的自覺性十分重要。

只是人生的無奈和遺憾就正是如此：十五歲至三十歲這個階段，我們往往很被動，缺乏內在的動力，不知道自己需要尋找師傅；但在三十歲以後，開始醒覺過來，知道生命師傅的重要，這個時候尋師，卻又會覺得舉

步維艱，遇到很多阻礙；有時是自己不敢踏出一步求助，白白錯過一個又一個遇到良師的機會，亦可能因生活匆匆，在茫茫人海，何處覓良師？即使對某些人心生仰慕，亦缺乏年輕時的勇氣，總會用許多藉口，阻攔自己再走前一步。所以要建立一段關係真的不容易，不但需要勇氣，亦要敞開自己，承認自己的無知和不足，甚而面對生命中幽暗的角落。

敞開生命是一場冒險之旅。早年有一本非常暢銷的書《為什麼我不敢告訴你我是誰》（John Powell, *Why Am I Afraid to Tell You Who I Am?*），就是探討這個問題。人害怕赤裸裸地面對別人，即使是自己的至親，例如配偶、父母、子女，也不敢將自己的生命敞開。可是，一個沒有敞開的生命實在難於成長，更不會與人建立真正的師徒關係，更遑論結伴同行。

我有幸在三十歲以後，仍能衝破障礙，克勝人生的矛盾，尋找到自己的生命師傅。

學而後知不足

不時有人問我，為何會從一名醫生轉業成為一名青年工作者。我遇過一個十分坦率的記者，很尖銳的問：「你受醫學訓練多年，又從事醫生的工作達五年之久，然後才放棄本行，會否覺得學非所用？」我沉思片刻，回應道：「其實不是學非所用。因為醫學的訓練，無非是要受訓者了解人的生理、思想、成長的運作，以及各個系統之間如何互為影響，當中牽涉嚴謹的技術和思考訓練。治病講求尋根究柢找出病源，不可以頭痛醫頭，腳痛醫腳，卻要以實證思維找出問題所在。一個器官出毛病，得對不同的身體系統作全盤的檢查，因為牽一髮會動全身，例如頭痛，不單只要檢查腦神經，也要檢查心臟血液的流動和荷爾蒙的分泌，睡眠情況如何，最近心理有沒有受到干擾等等，是全面、整體（holistic）的思考，從而作出整合（integration），然後才斷症，解釋頭痛的原因。這種訓練，對我從事青年工作肯定有所幫助。所以我認為不是學非所用，反而是學而後知不足。」

當自己從事青年工作時，方知自己多麼的缺乏。《突破》雜誌以文字為平台，真的從事文字工作，才知道自己文學、語文知識的不足之處，知道自己不擅長駕御、使用文字。經過多年的操練和折磨，時至今日，我仍然感到自己講話的能力遠勝於執筆為文的能力，這關乎自己的根柢，對文化和文學涉獵不足。要了解青少年，首要必須掌握他身處的文化背景，也就是本土文化、民族文化，以至於全球文化對他的影響。我必須有廣闊的文化視野，才能了解他們，從而予以幫助。可幸的是我有一班很好的同事，我們各有所長，互補長短，補足彼此各方面的欠缺。

當我走入輔導室，發展青少年輔導，又有人走來問我：「從事多年的心理輔導，是否感到沉悶？」剛好相反，踏入輔導室，看見一張張年輕的臉孔，他們各有各的故事，各有各的問題癥結，我提醒自己，不能妄下判斷。如何聆聽、如何明白他的心路歷程、如何洞察他的心理和精神狀態，在在需要有關的專業知識作判斷。此時，心理學、輔導學、精神學上不足之感便會油然而生。學問上的匱乏也成為我的推動力，叫我孜孜不倦的繼續學習。

輔導室的工作並不只是牽涉輔導的專業那麼簡單，直至今天，我還堅信，那是生命的工程，是以生命影響生命。不是你有多少專業的輔導技巧，而是你生命的本質究竟如何。年輕人不是用耳朵聽你説什麼，他們是用眼睛看你在做什麼，一舉手一投足，他們都看在眼裏。他們與你同行時，會感受到你的生命素質，在你的生命裏，到底有沒有一些他嚮往的特質，和值得欣賞的地方。

你也許想像不到，不少年輕人的生命裏，藏着很深的傷痛、傷痕，而我有頗長的一段時間，往往會迴避他們的痛處，不敢去觸碰。為什麼我會這樣做？這是因為我自己的生命中也有一些經歷，是我還沒有好好處理的。我很認同我的一位靈修大師盧雲（Henri Nouwen）的見解，他在著作*The Wounded Healer*中指出，其實每一個人都是受傷者，每一個投身生命治療的工作者，他們本身都曾經受過傷害。我深切體會，輔導員須要生命多方面的裝備，故此，我真的感到，學而後知不足。

我時常想起我的一位老師Dr. John White。我對他的認識始於醫學生年代，當時他在醫學院是精神科的教授。他課堂上的講論非常清晰，而且他能夠融會貫通的將精神科與信仰作整合，給我留下深刻的印象。

後來當我走入輔導的領域，需要進修的時候，我曾經考慮回到醫學院進修精神科，不過最後終於決定跟隨Dr. Gary Collins向輔導方面發展。Dr. Gary Collins不只在輔導學方面有深入的研究，而且能結合心理、生理、精神與信仰，他寫了很多關於這方面的書，其中一本是*The Integration of Theology and Psychology*，他認為人的心理和心靈的成長是互動的。我追隨他學習，得到他多方面的指導和啟發。我還每個星期接受他個別的輔導和督導，對我有很大的幫助。

回港以後，我分別邀請過兩位大師來港主持心理和輔導講座，我自己也不斷得益於他們最新的研究和經驗。

一次，Dr. John White來港，主持一個主題為「個人與原生家庭成員關係」的專題講座。他強調一個人的成長，不能與自己的原生家庭分割開來，所以，如何處理自己與家庭成員的關係至為重要。我們的生活習慣、性格特徵，都跟原生家庭，跟我們的父母息息相關。

那次大概有三十多位人士參加講座，席上很多是專業人士，有醫生，也有從事心理治療工作的。Dr. John White問在座當中有誰跟自己的家庭，特別是和父母，有問題需要處理？我當時坐在第一行，便立刻舉手。那時我以為每一個人都會舉手，因為每個人或多或少都會有這方面的問題。但事實卻是，講座的三十多位參加者中，只有我舉手，於是Dr. John White便請我到禮堂後面獨自安靜一會兒。後來他又邀請兩位一同接受訓練的學員陪伴我，希望我跟他們分享我的經歷，並且有安靜禱告的時間。

我永遠不會忘記那一幕。當時我希望處理的是我和父親的關係，就在我分享和禱告的時候，突然之間，我像洪水決堤一樣放聲大哭，一發不可收拾，腦海中掠過一個一個的片段，都是我與父親之間的衝突。過往我也曾經回想過這些經歷，但跟以往不同，今次回想的角度有很大分別。過往我以為自己是關係中受傷的一方，是父親不了解我，不明白我為何從醫療專業轉向青少年工作，選擇一條完全不同的人生路。今趟，我看到我如何重重的傷了父親的心，他對我的期望一下子破碎了，他對我生命的投資化為烏有。這是一種「背棄」，他嚴重受傷了。

我突然間看清楚父親所受的傷，大大的哀慟，不由自主，放聲大哭。我同時也意識到，母親為了維護我，也引致她和父親兩人之間的矛盾和衝突，其實我也傷害了母親。這一連串的反省，讓我體會到，我以為自己所受的傷害，其實是我對雙親的「背棄」，是我對他倆的傷害。想到這些，我不禁放聲大哭。

這個時候，我的信仰引領我完全的釋放，整個人也輕省了。

我最初尋師，是為了專業上的裝備，但這趟經歷卻引領我領悟到生命的另一個層次，就是生命實在需要良師，引導我們整理、醫治自己生命中的幽暗處。

他在尋找一個父親

有一次Dr. John White跟我太太傾談時，他說："Philemon is looking for a father."（Philemon是我的英文名）。後來太太轉告我他這句話，我眼前為之一亮，原來尋師不只為了「學藝」，不只是學一門專長，更是在尋找「父親」。

在美國，Sam Osherson曾提出「父親不在家」的現象，他指出美國出現了「沒有父親的一代」（The Fatherless Generation），由於種種原因，爸爸經常不在家；更甚者，由於父母離異，許多時候，子女都沒有與親生父親共同生活。有些家庭，父親雖然在家，與子女卻很少有親密的接觸，所以，在美國出現了「渴求父親」（father hunger）的現象，很多人暗地裏，自覺或不自覺地尋找父親，好填補自己在成長中沒有父親的空缺。

我於是特別留心觀察，果然發現，每個人的成長過程，都需要代表父親形象的人物的肯定和接納。當然，最理想的人就是自己的父親；能得到自己父親肯定、接納和欣賞，是人生最大的幸福。我父親並非不欣賞我，但作為一個傳統中國父親，他不擅於用說話、用行動表達對我的接納、關愛和欣賞。西方文化中，父母子女之間的情感表達往往來得直接。我自小受英國殖民地教育，受西方文化熏陶，我的思維模式深受西方文化影響，最初我並不察覺Dr. John White所言，對我是如此真實，原來我真的在尋找「父親」。

有一年，我有幾個月的安息假期，我心血來潮的到了溫尼辟找Dr. John White。其實我當時實在有點唐突，因為我跟他不算熟稔，只不過上過他幾堂課，參加過他一些講座，貿貿然要去跟他相處數個月之久，不免冒昧。但最終我仍鼓起勇氣寫信給他，徵求他的同意，我又預先做好功課，把Dr. John White所有著作仔細翻閱，以致我不會空鎗上陣。假若我請他將已經在書中清晰闡釋的理論、觀點，再從零開始給我講解，這對他來說並不公道。況且我之前已看過他的書，只不過沒有十分認真他細閱，今趟再仔細詳讀，對當中的一些見解，就是到了今天，依然印象深刻，特別是他對心理治療、成長創傷、處理決裂關係方面的精闢見解。

Dr. John White開放他的家庭接待我，我跟Dr. John White夫婦一同生活，有很多時間坦誠和深入的交談。那段日子是我生命中其中一段最快樂的時光，我也能夠深入地認識他的學問、他建立的理念系統，更難得的是，能與他日夕相處，從而在家庭生活和工作場所了解他的行事為人，知道他如何整理思維，這是一個難能可貴的學習過程，帶給我相當愉快的經驗，我和他的關係亦踏前了一大步。

之後我定期邀請他來港主持工作坊和講座，每一趟來港，他必定要上獅子山。我雖然不是攀山能手，但必定相陪。沿途上，我們偶爾有點交談，但更多時候是默默地攀登。上到山頂，我們各自安靜，我們的溝通，有時是無言的，有時是簡單的交流。坦白說，我最初對他有點畏懼。Dr. John White 有着英國人的民族性格，內斂含蓄，眼光銳利，在炯炯有神的藍眼睛後面不知在想什麼，彷彿要將你看穿一樣。不過相處久了，便慢慢認清他的為人，他不會予人壓迫感，從來不會將自己的意見、做法強加於別人身上。他總是很開放地提出他的立場，亦隨我的意思接受與否，彼此的交流完全是自由的。每次見面，每趟離別，他不忘與我擁抱。雖然他並不多言，你卻知道他對你的了解、接納和肯定。

他就是我正在尋找的父親。

所謂生命師傅，亦父，亦師，亦友。我必須承認我一直在尋找一位父親；我也很慶幸，我與親生父親，一步步的克服重重障礙，彼此愈走愈近，大家終於可以打從心底裏坦誠交流。Dr. John White的觀察十分正確，我如此亟欲尋師，背後的真正原因，是渴望尋找一位父親。

上：Dr. John White現在已經在主懷安息，當年他成為了我的「父親」，默默與我同行，今天Mrs. White 就像母親一般關懷我和太太。

下：我和太太當年遠赴加拿大溫尼辟城，與Dr. John White夫婦共處，共享生活情趣，生命深入交流。

我被他的誠意打動

在「突破」從事青少年工作，我接觸最多的是中學生，幫助他們面對會考，尋找前路的方向。後來我又參與「職業訓練局」的工作，成為其中的委員，幫助不再升學的中學生，塑造將來的職業生涯。而「突破」每年一度舉辦的「國際華人青年領袖訓練營」，更讓我接觸到海內外各地的中學生，他們都是剛剛完成中學，正要進入大學，十八至二十二歲的年輕小夥子，大多是當時的「九十後」。

現在的「八十後」我也接觸不少，有時是我主動找他們交談，有時是在不同的論壇、工作會議中的合作。

剛三十出頭的年輕人也是我接觸之列。他們不再被動，而是像我一樣，會主動尋找師傅。

一個大型講座，主題是家庭對青少年成長的影響。對象本來是一眾的家長，禮堂座無虛席，有五六百人參加講座。講座完畢，我正在收拾時，一個約三十歲的年輕人默默站在一旁，在他身旁有一位年輕女士，在他耳旁細語。但見這位年輕人面露猶豫的向着我走過來，神情略帶尷尬和慌張。他開口跟我說：「我看過你寫的書，也出席過不少你主持的講座，我一直有一個衝動，很想找你談談關於我自己一些成長問題，但我又害怕你太忙碌，怕你會拒絕，所以我一直遲疑。但我太太鼓勵我。」他太太以為何妨一試，便着他只管來問一問我。我望一望他，他目光誠懇，從他的慌張我體察到他內在的需要和驅動力，他真的很想找一位長輩聆聽、傾訴。當下我便答應了他。

我囑咐祕書，如他來電，務必幫他安排會晤。他果然主動打電話要求見面，而且不下一次。我們每次會面的時間很長，傾談之下，我發覺這位年輕人很有思想，很有創作能力，而且已經在社會上顯出本領，獲得一定的成就。他的本業是金融和經濟，在這方面有一定的知識，舉辦過不少相關的講座，並且整理後結集成書。但後來他漸漸將自己的專業轉向青少年培育，訓練青年人的思考技能。我們每趟見面，他都會擬定問題，而我則在其中回應。想不到，我們就這樣交往了數年。

有一次，他告訴我：「我寫了一本新書。」而事實上他每有新作，都會送一本給我。我問他是什麼書。他説：「我受你的一本書，《生命影響生命》影響甚深，我因此寫了一本叫《生命啟動生命》的書，嘗試回應你這本書提出的一些論點和故事，也將我個人的看法寫下來。」

我把書仔細看了，發覺他真的認真地將《生命影響生命》的故事、片段，和自己的成長經驗相對照，並作出反省和回應。他的著作中更有他的原創部分，收錄了他對心理學、成長因素的整合和反省。看見他的成果，我真的為之動容。

新年時，我收到他送來的賀年禮物，賀年卡上，他表達了對我兩年多以來教導的謝意，特別是我談到“being”以及“flesh and blood”的重要。我一再告訴他，不要花費全部時間在“doing”上，要更重視“being”，到底你是一個怎樣的人，比你的行動更重要！

我本身是一個活躍型、行動型的人，所以我需要的是安靜、自省，生命才能被不斷的更新和整理。他的書有豐富的理念，他的閱讀視野也很廣闊，我對他的書的回應是，寫書最要緊是「有血有肉」(flesh and blood)，着重生命的自然流露。我告訴他，自己在這方面的體會和不足。

兩年多的定期約會，把我們帶進深度的交流之中。我對他不斷有新發現。他的誠意，他對生命的執著，他對真理的探索，他閱讀的豐富，他對教導年輕人的強烈真情，深深的感動我。

當年在研討會席上相遇的時候，我並沒有刻意與他建立關係，我是被他的誠意打動，繼而同行，建立了友誼和雙向互動的關係。

Tommy和我合攝於Richard Kramer的《師友》銅雕旁。

04.

根

根

我們都是在自己文化、鄉土中長大的最後一代，吸取傳統養分，就好像呼吸一樣自然，到長大之後，才孜孜不息地適應，吸取不同的外國文化，出掌中大是重投華人世界，尋根問源。

——高錕《潮平岸闊——高錕自述》

身分的確定

在2009年末，香港人難得的為一件事同心雀躍，每一份報紙都報道這個好消息——前香港中文大學校長高錕博士，獲頒諾貝爾物理學獎。全港的人都為這位生於上海，卻在香港本土長大的「光纖之父」感到喜悅，全城的人都感到與有榮焉。

我在電視上看着他領諾貝爾獎。雖然失去記憶，但他面上依然帶着微笑，有風度地接受這個獎項。不過最令我感動的，是他和太太返港後的片段。他決定將諾貝爾物理學獎的獎牌和證書，贈予香港中文大學，讓它們永留此地，而不是留在身邊。中大上上下下的人，以及香港人都十分雀躍。他又回到母校聖若瑟書院與師友聚舊，表達對母校的懷念與欣賞之情。他的表現，令我聯想起他在自傳中所說的「重投華人世界，尋根問源」。雖然他集多國文化於一身，在世界各地都留下了足跡；但最終，正如我們中國人所謂的「落葉歸根」，他將自己生命的根植於香港。

根代表一個人的身分，代表着他從哪裏來，從哪裏獲得成長的養分。背後代表了一個人的文化淵源，代表了他情之所繫。高錕選擇了在香港讀書，也在香港的大學任校長，在這個地方留下生命的痕迹，這在在顯示他並沒有忘本、忘恩，亦沒有忘記他究竟是誰，他肯定自己的身分，他是一個香港人，亦是一個中國人。

扎根香港——情之所繫

我不時會思想「根」的問題：我是誰？我的根在哪裏？沒有人喜歡做一個無根而四處飄泊的人。我雖然出生於昆明，父親是寧波人，母親是昆明人。但是，最終因為情之所繫，植根於香港，我肯定了自己的「香港人」身分和角色，首要的原因當然是我的家在此植根，香港就是我的家。

我年少時，母親十分喜歡四處遊歷，又因為朋友多，她幾乎走遍香港每個角落。我記得她帶我到過荔枝角蝴蝶谷的衛民村，她有許多朋友都住在那裏。我對這條小小的村落，有一份特別的感情。昔日，那兒保留着很地道的香港景致，整條村莊都是一些石屋，鄰居之間的感情很好，經常彼此守望相顧。

媽媽又經常帶我去調景嶺。滿山的木屋和石屋，密集的緊靠在一起。每年的10月10日，整個山頭都飄起中華民國青天白日滿地紅的旗海。看着這些旗幟，我的感受總是很複雜。每趟去到調景嶺，我也會借機四圍逛，到處穿梭往來，調景嶺給我留下許多兒時的回憶。

父親則很少帶我出外探望朋友，他最喜歡帶我上球場。他是一名足球球迷，我們幾兄弟經常跟着父親去球場看本地球賽。記得五十年代的「南巴大戰」(亦即「南華」對「巴士」)，後來又有「南華」對「精工」，這些球賽的盛況，深深印在我的腦海裏，歷久難忘，也是很多人共有的集體回憶。香港足球隊在2009年東亞運動會獲得金牌的時候，我也身在現場，那時我興奮得不得了，與全場球迷一同放聲吶喊：“Hong Kong! Hong Kong! We are Hong Kong!”原來我對香港的足球也有一份獨特的情。

我對香港的海也有一份說不出的情。每逢假期，我便獨自一人，乘坐天星渡輪，在海上默默地度過；或者與太太坐渡輪往離島：長洲、坪洲、大嶼山……我對海那份獨特的感情，相信和父親有關。昔日，父親每次航海歸來，總會帶我乘坐小電船，登上他工作的輪船遊玩，有時是細小的貨船，有時是大型的客輪。我最享受坐在小電船上，靜靜眺望香港的海港。我一面看，心裏一面想：「這就是我的家，我生活的香港，有我的腳印，我的家人、父母、親戚都在這裏生活。」

我太太也是地道的香港人，她是上水原居民；所以每逢大時大節，尤其是重陽、清明等節日，大家就會聚首一堂，很是熱鬧。到了重陽節，太太的家族便一同去掃墓，整個山頭，都是廖氏的孝子賢孫，非常熱鬧，整個山墳都是姓廖的，而且從一個山頭到另一個山頭，都是我們的親戚。到了農曆新年時，上水仍然保存着中國的傳統習俗；舞獅、舞麒麟，燒炮仗。走在街上，到處都是親戚，大家都認識對方。每次返回上水探望親友，那種植根於此的感覺特別強烈。

有時候，我會回到以往曾住過的西營盤水街、鰂魚涌濱海街，或是後來遷往的天后廟道、太古城等地，特地走訪昔日的家，心中有着一份說不出來的情懷。我告訴自己，這就是我的家，一個真正屬於自己的地方。我就讀的小學，原來的校舍經已拆卸，遷往別處重建。有一次母校邀請我回校主持畢業禮，我借機問學校有沒有保留舊校的照片。不久，校方果然寄來昔日拍攝下來的舊照，讓我回味這個時期成長的經歷和片段。

我就讀的中學英皇書院仍然屹立在般咸道，我亦曾經靜靜走入校園，坐在操場上，坐在小小的花園裏，就像自己還在讀中學一樣，許多年前在學校發生的事，一幕一幕在腦海中重現。我想起我的中學同學、老師，還有我在那裏留下的許多印記。

除了因為家在香港，我相信自己植根於香港的另一個原因，是關乎我的召命，也就是和蘇恩佩，以及「突破」對於本土文化的使命有關。如上章提及，當年，蘇恩佩聽到香港城市青年人內心的呼求，便決心為他們辦一份雜誌。《突破》的第一張單張便是描述青少年發出的「低調的吶喊」。青年人正在尋找生命的方向，建立價值觀，尋找生命的主宰，我們要回應他們的呼聲。我在這個城市這麼多年，始終沒有忘記這個最迫切的呼召，今天仍舊在回應昔日的召命，正在努力服侍青少年。

我身邊有許多的同事，都是從事傳播媒介的，像與我同行三十六年的梁永泰，他修讀電影傳播，是百分百的傳媒人。他對於香港的媒介文化、鄉土文化都有特別的感情。有時我也會向他請教，哪齣電影值得一看？哪首歌值得一聽？從而認識香港青年人的文化土壤。我亦會和同工出外，或看齣電影，或到處遊走，了解這個地方的文化，久而久之，心裏便對香港生出濃厚的情懷。另一個同事對山情有獨鍾，他是現在已主懷安息的謝文策。西貢還未列為香港地質公園前，他已多次帶着我與一班青少年乘船到西貢海。他能如數家珍的說出大大小小海島的名字，可以解釋每一塊岩石如何變化成今天的樣貌。透過文策的介紹，我知道香港蘊藏了許多珍貴的資源，是一塊十分美麗的地方，而這個地方就是我的城市。

無論山、海、本土的文化，都使我對香港產生深深的感情，但是令我「情有獨鍾」的，還是香港的青少年。因為從事青少年工作，我走遍香港的中小學和大學校園，與學生對話、閒談，有時受到學校的邀請，也會與家長們交流。我曾花了五年時間在培基中學做青少年培育訓練，經常與家長、學生、老師，以及校長接觸。縱使面對着各種壓力，但他們不屈不撓、逆境而上的精神很令人敬佩。天水圍有「圍城」之稱，非區內人很少去天水圍。前幾年，謝文策經常走進天水圍的社區，他發掘了一班出色的少年人，幫他們組成一個叫「天teen」的小隊（天：天水圍；teen：teenager）。「天teen」走遍天水圍每一個角落，有時家訪，有時出席一些不同類型聚會，而且每年都在天水圍舉辦青年節。「天teen」邀請自己的父母出席活動，在會上對父母訴說心底話。這一班天水圍的少年人最終成為了天水圍的祝福，祝福這個城市，祝福每個家庭；他們眼睛閃亮着的，是對這個城市的希望。

有個地方很多人從未曾踏足，也不願意踏足的，就是赤柱監獄。我第一次去赤柱監獄，是和蘇恩佩一同去探望一個讀者，他看了《突破》雜誌，來函邀請我們去探望他，於是我們便走入牢獄，與這位年輕人傾談。他出獄之後，成為一位對香港有貢獻的年輕人。我的一位朋友李賢義，他曾經是吸毒者，成功接受「福音戒毒」後，立志要服務「過來人」，從事輔導、牧養犯罪青少年的事工。我多次跟他走入懲教所、監獄做探訪，在監獄裏，竟然也交了一些朋友。後來我以太平紳士的身分到赤柱監獄，當我走進監獄，很多人前來跟我握手，連那位監獄官也十分驚奇，問我：「為什麼你在這裏也有那麼多朋友？」總之，在香港不同的角落，我都結識了不少青年朋友。我想我真的很愛青年人，而說到底，我之所以心繫香港，其實是因為心繫香港的青年人。

尋根中國——文化養分

一個沒有根的人，就好像一棵沒有抓緊土地的樹，樹根不夠深，不能好好吸取土地的養分，生命最終會生長得很膚淺，不會長得豐盛。人都需要有根，這個根不是自己的選擇，不是自己的愛好，是與生俱來的文化和身分。高錕在自傳《潮平岸闊——高錕自述》中透露，他始終不會忘記自己中國人的身分。高錕大部分時間在外國進修、做研究，吸收了許多西方國家的文化養分，但最終他仍然不忘自己文化的根，選擇了在香港落葉歸根。

我曾與母親回到我出生的地方——昆明，當時是八十年代，中國重新對外開放。我們竟然找到母親昔日居住過的小石屋，還有我昔日住過的房間。現在房子由我們的親戚居住，他們知道我們回來了，特地騰出房子給我們。當晚，我與太太就住在我兒時的房間。房間已經十分破舊，屋外面正下着雨，雨水從破口打進來，我們要用器皿來承載雨水，整個晚上聽着咚咚的雨水聲。早上醒來，我拿着碗去買豆漿，在路上遇見的人都會主動打招呼，因為大家都是同鄉，彼此認識。到了晚上，我們與親戚一起晚膳，筵開達六席。母親又叮囑我去探望她的大姊，姨媽看見我好像看見自己兒子一樣興奮。原來母親曾經考慮過將我過繼給姨媽，因為她連續生了幾個女兒，沒有兒子，當我出生時，姨媽認為母親年紀尚輕，將來還有機會再生兒子，要求母親把我過繼給她。幸好到最後，父母還是決定不將我過繼。生命一個決定，一個轉折，可以讓人生變得完全不一樣，但無論如何，我生命的根是在昆明。

父親的身體在晚年時變得衰弱，記性不好，遺憾是他身體還好的時候，我沒有機會與他回他的家鄉寧波，去看看蔡家的祖屋。父親總是安慰我，說祖屋已由別人居住，而祖父的墳墓因時局混亂，回去也是很難找得到的，即使回鄉，也沒有什麼值得看的。父親從寧波遷往上海時，在上海住過一段時間，但昔日的樓房已經拆卸了，現在已經找不到以往曾經住過的地方。後來，我有機會在上海與華東師範大學做培訓，差不多有十二年的時間，每一個月都會去上海。每次到上海，我必定與同事一同去外灘走走。外灘在夜燈的照耀底下，好像照出三十年代夜上海的繁華。我細看每一座建築物：和平飯店仍在，昔日匯豐銀行已經不再屬於匯豐，但每一座建築物都好像在述說當年上海的輝煌。對岸的浦東，又是另一種感覺，散發着廿一世紀中國的氣息，東方明珠、世界博覽中心、世貿，代表着中國的未來。當然，我最喜歡的還是浦西，她有着我兒時生活的痕迹，藏着我昔日的片段，即使短暫，都是不可磨滅的。

使我醒覺到尋根中國的重要性的，最初是兩位老人家，David Adeney和Stephen Knights所啟發的，我認識他們的時候還在讀大學，兩位長者有着白色的頭髮、白色的皮膚、藍色的眼睛，卻操一口標準的普通話，述說中國的歷史故事。透過他們的眼睛、慈祥的聲音，以及他們對中國深厚的感情和認識，令我覺得自己對「根」的認識真是十分膚淺，醒悟到自己的根好像給拔起了似的。從那時開始，我十分刻意地追尋中國的歷史，改變了我認為歷史是沉悶的印象。後來我又讀了一些好書，優秀的歷史學家把歷史寫得生動有趣，淺顯易明，好像王仁宇的《萬曆十五年》、余秋雨的《文化苦旅》，寫出了濃濃的歷史情味，而且不可不提的，還有龍應台的《大江大海1949》。1949年與我也有密切的關係，因為我是生於戰後，而這本書描述了當年的香港和上海。在閱讀這本書的時候，我好像是透過作者的眼睛、作者的筆，對這些地方作親身研究，補充了一些空白的地方。書中提到很多很深的歷史傷痕，這些傷痕是我們不想回顧、不想追憶，卻又不能忘記的。

我十分感激曾經給我私人補習的教師——梁釋民老師（筆名：梁宜生）。我從打聽中得知，他在大專院校教授「四書」。有好幾年時間，我定期拜訪他，他給我們逐字逐句解釋《論語》、《孟子》。師隨梁釋民老師的日子，使我對中國文化產生前所未有的嚮往。中國古人對人情、人倫、人的價值都十分尊重，對家和國亦都有一份與生俱來的感情。雖然這些理念，我未必能夠全盤接收，特別我是受西方教育的影響，但修讀這些古代聖賢之書，把我帶回到中國文化的根深處，跟中國文化接連上了。

假期時我喜歡旅行，而太太在選擇旅遊地點時也對中國有特別偏愛，她想走遍中國的大江南北，單是長江三峽也去過兩次，因為興建水壩，每次看見的風景都不一樣。我們在長江上游隨水飄盪，就好像再次看見昔日的巴蜀文化、昔日的赤壁、當年劉備托孤的地方。而我平常本沒有寫詩的習慣，但在長江三峽上，我不禁動筆寫一些只給自己欣賞的五言、七言古詩。我還遊歷了長城的雄偉，西安所埋藏的幾千年歷史文化、武夷山蘊藏的自然遺產、九寨溝的秀麗，甚至最近去過的青島、曲阜、泰山等地，亦有機會與朋友到甘肅的蘭州，走進鄉村之中。鄉村情濃，或許別人覺得沒什麼好看的黃土地，卻深深的吸引着我，黃土地上有幾千年來中國人說不完的故事，記錄了中國文化幾千年來的演變。我深愛着中國的山河、山河上的人民、土地和鄉民的濃情。

大約在1980年，中國開放之後，我跟澳門的一位朋友——藍欽文牧師一同出發拜訪祖國。藍牧師本是在香港居住的足球員，後來移居澳門，全心教會工作，是我十分敬重的牧者。那一次他踏自行車載着我，由澳門上香州，再往石岐。那個年代國家的顏色比較單調，人民的衣着都是灰色、墨綠色的。在路上看四週的風景，我深深感受到，這真是屬於自己的地方。我無法解釋，亦不明白自己那分真正中國人的感覺。我的根曾經拔起，移植至海外，但最後我深知自己的根仍然深植於此，我急於補充過去曾經失落了的文化養分，以致我的文化身分與文化內涵不會相距太遠。可以說，「尋根中國」是我過去二、三十年來不斷追逐的目標。

我擁有的多重身分當中，對中國人的身分情有獨鍾，因為我在香港生活，因為我在中國的土地上出生，催逼我不斷探索這個文明古國的文化根源。

植根永恆——生命之源

有人曾經說過，當你發覺自己出席喪禮的次數比婚禮多的時候，就顯示了你有一定的年紀。在寫這本書的期間，我接連出席了兩個安息禮拜，其中一個是在加拿大溫尼辟市認識了四十多年的同學——錢北斗。他曾經來港從事一些學生培育工作，後來又返回加拿大繼續青年工作。他的生命遭遇過很大的考驗，特別是他太太的離世，對他是一個很大的衝擊。在他的追思禮拜上，許多他昔日在香港、在加拿大的學生，紛紛前來，在會上述說對「斗叔」的懷念。他的思想、他的生命，在眾人的生命中留下痕迹。錢北斗雖然已經離開我們，但我相信他生命的痕迹會永遠留在他的朋友，他的學生心裏。生命不會隨着人的呼吸停止而消逝。

另一位離世的，是我相識多年的好朋友——潘仁智。他在大學畢業後進修神學，之後一直服務基層社羣，後期更專職幫助一些病態賭徒戒賭。我在他的安息禮拜中分享了一些關於他的故事，但最令我感動的是在瞻仰遺容的時候，整個靈堂，乃至靈堂外等候的地方，甚至電梯口，也擠滿來出席安息禮拜的人，原來他們都是一些基層人士，我以往很少接觸這些基層人士，對他們很陌生。他們在安息禮拜中短短的分享，在瞻仰遺容時所流下的眼淚，讓我知道他們都是被這個生命所觸動。他們當中不少人昔日沉迷賭博，今日已經離開賭海，重新做人。他們的轉變，就是因為潘仁智與太太余妙雲一直與他們同行，讓他們感受到愛。潘仁智未滿六十歲已經離開了人世，但他那充滿愛心的生命已留下長遠的印記。

最近，我被邀請主持一個植樹禮。一對父母，想藉着植樹來記念自己二十二歲的兒子Howard。Howard的生命雖然短暫，但他留下的文章卻讓我們驚訝，他的文章處處流露出他對自己生命的反思，表現出一種執著，誓要尋找生命的意義、生命的方向、生命的根源。他的許多師友寫文章悼念他，從幼稚園認識的朋友、同行多年的摯友、中學同學、中學老師、大學同學，乃至後來在英國留學時在村鎮裏面認識的朋友，都紛紛寫下悼念詞，分享如何被他的生命所觸動。植樹禮過程當中，匯聚了他最好的朋友，他的至親，父親、母親、妹妹，他們流下懷念的眼淚、祝福的眼淚，和被祝福的眼淚。縱然人生短暫，但它的短暫卻讓我們明白永恆的可貴。

冰心在離開世界的時候，靈堂之上只寫了幾個大字——「最大的是愛」。冰心十九歲時，被五四運動的一聲響雷驚醒，被轟上文字工作的路。她一生所寫的小小散文，寫下了她對母親、對國家、對她身邊的人的懷念，表達愛是最重要的，愛是永恒的，最大的就是愛。

過去幾十年來，我發現自己愈來愈珍惜一個永恒的身分。一位我十分尊敬的同事，他曾經畫了一張海報，這張海報讓我留下深刻印象，上面寫着：「徘徊於人生，不如札根於永恆。」它也代表了我心裏的渴求：「徘徊人生，同時札根永恆。」在我接觸過的許多人和事當中，我深刻感受到愛是一種持久的力量，愛是一種沒有保留的接納。我與很多人的交往和合作都很契合，但亦經常意見不同甚而會爭拗起來，到最後，我們在十字架上找到了答案。耶穌在十字架上說：「父啊！赦免他們，因為他們所做的他們都不知道。」人因為無知，不自覺地會對自己、對親人造成傷害，留下了許多的裂痕；只有一份永不止息、沒有保留的愛，可以把這些裂痕縫補起來。同時，最親密的人，往往彼此傷害得最深，所以我們與父母親之間最容易有傷害和裂痕，結婚之後，最親的人是配偶和兒女，是最接近自己的人，他們又首當其衝地受到至親的傷害。其實家人是我們最在意、最希望得到接納和了解的人，而且因為我們常常傷害到家人，同時亦最需要得到他們的饒恕。

在人生的路上走得愈久，愈感覺到人最需要的是一份真摯的愛，有了這份愛，才能活得更有深度，活得更有耐力，沿途不致於造成許多的決裂和失落。回望我的成長路，人與人之間的愛，和上帝永不止息的愛，在我身上都發揮了很大的力量，特別是上帝永不止息的愛，祂是那位創造者，他就是愛的源頭，真愛便是來自創造者，是祂先對我們沒有保留的愛，然後我們才懂得去愛，而生命的源頭亦是愛的源頭。

青少年的情緒起起跌跌，生命的道途碰碰撞撞，與他們同行，看見他們失落、掙扎的一面。有時候我會問自己，究竟在他們身上我可以留下什麼？我說過的話、寫過的書、與他們的交談，又留下了什麼東西？到底有什麼意義與價值？我所做的種種，有沒有對他們的生命帶來真正的改變？有人曾經問德蘭修女，問她所開設的The Home for the Dying接收那些在街上垂死的人、被遺棄的嬰孩，到底有什麼價值？她說：「每次當我把這些珍貴的生命在抱在懷裏，我知道是沒有白費的。他們剩餘的幾十個小時的生命，都曾被愛過。」亦有人曾經問她，印度加爾各答有那麼多貧困的孩子，生活在死亡邊緣的孩子，你又能做多少呢？她說自己只是做到很少，就好像汪洋中的一滴，但這一滴仍然十分寶貴。

青少年生命的分享很觸動我。看見他們的掙扎，我便知道，我是為此而活在香港，我的召命就是植根香港。近年我也踏足中國從事青少年培訓，接觸內地不同地方的青少年。像德蘭修女一樣，我知道生命十分短暫，即使最偉大的人所能夠做的依然很少，能夠留給這片土地的也不算什麼。但至少，我們彼此認識了，讓他們知道人間有情，讓他們知道，原來愛是沒有條件的、沒有保留的。但願他們也明白生命的短暫，而愛是永不止息的。人是需要札根永恆，找回生命之源，找回愛之源。

最近與母親及蔡家四代其中十五人回到昆明，是「尋根之旅」的延續。

龜苓膏與黃飛鴻

由於我在美國、加拿大等地讀書已有十幾年的時間，所以有許多朋友都是在那裏認識的。後來，我返回香港生活，很多的朋友仍然留在美國、加拿大生活，他們生下的小孩，我們稱為「CBC」(Canadian born Chinese)，或是「ABC」(American born Chinese)。他們在當地受教育，受當地文化的熏陶。很多華人家庭會刻意在家中用中文對話，從香港移民的用廣東話，從台灣過去的家庭則用普通話，他們亦會把孩子送到華人社區的中文學校學習中文。當然，始終受文化環境、語言環境的影響，在當地成長的孩子，即使能以普通話、廣東話對話，讀和寫中文都是十分困難的，所以朋友特地把孩子帶回來香港，又到中國旅遊，希望他們不要忘記自己的國家、身分，不致與自己的本土文化完全脫節。

我十分珍惜朋友的信任，他們將自己土生土長的孩子送來到我家居住，或是參加「突破」舉辦的「國際華人青年領袖訓練營」。我其中一位與我同窗多年的老朋友——蔡偉文醫生，他在醫學院畢業後來到多倫多行醫，落地生根。我十分欣賞他一對出色的兒女。大兒子Nick修讀建築系；有一年他決定返回香港，當時剛巧「突破」興建青年村，而突破青年村的建築師Freeman Chan很樂意收他為見習生，讓他有機會參與建築設計的過程。他有幾個月的時間住在我家，白天則到Freeman的辦公室當實習生。我們在家有許多機會傾談，有時與他出外逛街、吃飯、看電影，讓他體驗一下香港的城市活力，他與我兩個兒子、突破同事走在一起，用廣東話交談，十分愉快。

他小時候，我經常到他家作客，他習慣叫我uncle，與我們一家人居住了幾個月的時間，我發覺他十分出色，很有思想。臨走的時候，我問他在香港生活了一段時間，在學習建築的方面，跟隨了一位出色的師傅，覺得有什麼體驗？他認為這趟實習，對他如何看建築，如何看自己身為建築師的身分，帶來了許多新的想法。我亦問他對香港的印象，最深刻的是什麼？有什麼生活的體驗？他仔細地想了一會，說：「我最喜歡吃的是龜苓膏，而我印象最深的是黃飛鴻電影。」我曾與他到戲院看李連杰主演的黃飛鴻電影，於是，我好奇地問為什麼。他說：「我自己也解釋不到。」他回想，其實龜苓膏也很難吃，而且味道也不是人人都喜歡的，但是這種味道很特殊，亦都非常適合他的口味。可能他認為自己是年輕人，特別容易「熱氣」，而這些中式的食療，對於「清熱氣」真的很有功效，所以愛上了從未嚐過的龜苓膏。另外，我亦問他，為什麼看了那麼多西方電影，反而對黃飛鴻電影最感深刻呢？他馬上說，這種電影好有味道，而且Jet Li是一個十分瀟灑的人，他的一舉手一投足，盡顯魅力；他又認為中國的傳統舞獅十分精彩，中國的武打十分瀟灑，中國的人情十分特別，他很高興自己有機會接觸這些中國的獨有文化。不但如此，他還帶了許多黃飛鴻、李連杰的影碟回去，介紹給他的朋友，引來加拿大華人，特別是年輕的「CBC」的注意。

不少華人子女回香港生活一段時間之後，不約而同地對中文的抗拒少了，有些更會到中國旅遊，遊北京，上長城，或是到上海遊上海灘，對香港、中國開始有些改觀。他們的父母背井離鄉，他們只是從父母口中聽到他們對祖國的憶述，描述都是十分粗略，只憑少年時的舊記憶，或者是從相片、電影中看過關於中國、香港的消息；這些資料都很間接，很遙遠，不及親身體會。只要他們來到這片土地上生活過，很可能會重新找回不知不覺之間失落了的文化的根、文化的身分。

根是一種很奇妙的東西，就好像血液一樣在我們的身體內流動，亦存留在我們記憶的深處，當我們將之發掘出來，就會經驗一種新的文化醒覺，體會到對文化的認同。

上：Nick（後排右三）稱我為Uncle，我們就像朋友般相處互動。
下：David Adeney（左三）與我的合照

05.

根 04　06 死

靜

「靜我神」——朱熹

"I still my soul." ——詩篇第一百三十一篇

被噪音淹沒的年代

出外留學以前，我一直都是在香港讀書受教育，感覺上，從前的香港比較寧靜，近年卻發現這個城市愈來愈多不同的聲音，甚至是不同的噪音。這裏所指的並不是立法會內外的爭拗，或是大眾傳播媒介中的爭論，而是整個生活環境的改變。當然，從很久以前我年少時，我們已經會聽流行曲，聽電台廣播、唱片，在各種聲音中過活，當年縱使選擇不多，亦有兩家免費電視台。

可是到了新世代，現在無論去到哪裏，我們都難以逃避聲音的侵擾，有線、無線、衛星電視轉播，網上不止息的傳播，當然還少不了Youtube。只要你上網點擊，就有無限量的資訊、聲音、影像出現。走在街上，在地鐵車廂內，你會接收到最新的消息、最新的新聞、最新的資訊，最新的廣告，就是乘巴士，你也不能逃脫，Roadshow也是在無間斷的播放。有些人耳朵整天掛着耳機，想隔絕外界的噪音，但其實是不斷聽自己選擇的噪音，手裏的iPhone、iPad、手機，也是在不斷接收訊息。

我們就活在這種環境之中：無止息的聲音、無止息的影像、無止息的資訊。

其實，人很需要「靜」，因為惟有「靜」，才能保有清澈的心看清楚這個世界。看清楚我們究竟活在一個什麼樣的年代，看清楚香港是一個什麼樣的城市。我們要看清楚香港每一個的廣告、每齣電影、電視節目的背後，究竟在傳遞着什麼樣的價值。我們要問，這個城市的核心價值是什麼？……我們要對外界的聲音有辨別的空間和能力，只有在靜的狀態中，我們才能夠看到自己內在生命的狀況，聽到自己心裏面的聲音，究竟我是誰？都市人日以繼夜，頻繁急速地生活，背後有什麼意義？人若不能靜下來，便很容易會迷失，亦失去辨別的能力，我們現在恍惚活在一個被噪音淹沒的世界，而香港的噪音更似乎是特別強大的。

我是個社會行動家？

最近一位同事給我看一篇文章，是一次工作計劃會議的資料文章，撰文者是香港的一位評論員，曾當過政府的政策顧問。文章中提及我，說我是一個「社會行動家」。當然，“social activist”這個詞語並不陌生，它是用來形容一個人在社會裏積極行動，既發聲又出力，是搞活動的社會參與者。我在教育界、社會工作界、醫療界、宗教界，在過去出任的政策顧問小組、諮詢小組，的確是聲影處處。我經常出席不同的場合，到不同的學校演講，甚或是接受訪問，而這些活動，又會在熒光幕上播放出來，所以人們感覺我是一個行動者，不斷的參與一些社會行動；別人說，很容易在網上搜尋到我的言論和影像，連我也覺得自己似乎參與很多活動，停不下來，而我所有的行動都是為青少年、為民生，為教育，與生活息息相關。

但就我的觀察，其實我們這些所謂的「社會行動家」都十分疲倦。

而且不只是我這類人，無論是政府高官、老師、社會工作者，醫療前線人員，宗教界的同工，其實每天都要應付很多活動，十分忙碌，好像永遠都停不下來。而我們所面對的疲憊，除了身體上的疲累，還要應付心力、腦力和感情上的波動，正如俗話説的，是「心疲力竭」。心力透支會引起「內亂」，「內亂」便引來「外急」，很急躁地想盡快解決問題。外急內亂反映在人的言語上、肢體上，便容易引致衝突。所以，香港這個繁忙的大都會，暗藏着很多的張力和不安。

面對這種「內亂外急」，我想起昔日一位出色的猶太老師，他曾經招聚了一班跟隨他實習的學生，他察覺到他們的疲倦，他説：“Are you tired? Worn out, burned out in religion? Come to me, get along with me and you’ll recover your life. I will show you how to take a real rest, walk with me and work with me, watch how I do it and learn the unforced rhythm of grace. Keep company with me and you’ll learn how to live freely and lightly.” 在這段話當中，最令我深感受的就是節奏（rhythm）和恩典（grace）這兩個字。

人為什麼會疲憊呢？在城市急促的節奏中，我們失去了作與息、動與靜的節奏。香港人的工作時間很長，嚴格來説，很多人連一天休息的時間也沒有，連公餘時間都被剝奪了。我被視為社會行動家，但如果在動的背後，缺乏了靜的時間和空間，那麼動就會變成亂。我試過在急速的生活當中失去節奏，幸好太太察覺我的煩躁，適時提醒我，讓我知道自己的節奏可能已經失調。我近年添了孫兒，兒子、媳婦、孫兒都好像在呼喚我，叫我放慢工作、回家休息。與小孫子相處的時候，若不靜下來，耐心地跟他説話，他根本不會答睬你。當然我的信仰亦提醒我要休息，因為神創造世界是有節奏的；祂在第七天便休息，並且定為安息日。在作與息，動與靜的節奏中，我經常提醒自己，不要忘記這個節奏。

中國人是一個非常着重「恩情」的民族。我們亦常把「施比受更為有福」這句話掛在嘴邊。我們習慣了不斷做、不斷施予，似乎施予比接受更容易。在一個活動中，我曾經跟其他人一起學習聆聽、分享。但很明顯，學習聆聽易，學習分享難。我們又學習透過彼此洗腳來服侍對方。我這才發現，原來幫人洗腳，比別人幫自己洗腳容易。那一趟，當一位年輕人要洗我的腳，我覺得怪難為情，十分尷尬。但真正的恩（grace），是要先放下自己，接受別人的服侍；要先學會「受」，才能懂得「授」。一個沒有經歷過恩典的人，很難真心地去施恩，假若徒有行為和動作，便失去了「恩」的實質。當我們重整節奏、經歷恩典時，就會活得更加自由，活得更加輕省（live freely and lightly），而重整節奏亦成為我的生活指標。我經常在安靜中反思：自己是否已「burned out」（燒盡）、耗盡或枯竭？有沒有失去節奏？有沒有真正活在恩典之中？

我要多謝這位給我心靈啟迪的老師，教曉我「節奏」和「恩典」的真正含義，他就是《新約．聖經》中記載的耶穌。

「我在」，「我有力」……

回顧過去三十六年，我一直從事青少年工作，而這份工作就好像是一份無休止的工作。青少年的聲音很強烈，他們的需要永遠沒有辦法完全滿足，無論是教育、就業、身體的狀態、心力的需求，都需要人回應。若要繼續做這份服侍的工作，的確很容易會耗盡，而且以我急躁的個性，經常都很想快速的回應，以這樣的個性其實很快便會枯竭，甚至會死！直至今天，以我這樣的年紀，仍然可以繼續服侍一班青少年，陪伴他們一同走生命的路，真的要感謝我的恩師——Dr. Hans Burki和他太太Dr. Ago Burki。當年我參加了Dr. Hans Burki舉辦為期五天的靜修營，名叫“life revision seminar”（生命重整營）。我最初是很不習慣的，因為整個營會也沒有清楚的時間表，只有很多安靜時間，經常獨自到野外漫步，檢視自己內在的聲音，和聆聽大自然的聲音，而當中更難的，是要學習聆聽他人的聲音。我當初很不習慣，不過在營會結束後，一有機會便再參加，因為我深深感受到靜下來的機會實在十分寶貴。

後來有一次，我和太太往瑞士參加這個營會。來到山上一個叫Rasa的小村莊。我與太太、朋友，以及二十多位青少年工作者，跟Dr. Hans Burki在那裏度過了二十八天，一起學習安靜。整個營會可被總結成兩句話：「你們得救在乎平靜安息，得力在乎平靜安穩。」這兩句話出自猶太的一個古代先賢——以賽亞，他生於亂世，四分五裂的國家中最後一位賢君——烏西亞也離世，整個國家陷於混亂當中，以致他自己亦非常煩亂。他向人大聲疾呼，急躁地回應世局，但是卻沒有人願意聆聽。面對着如斯境況，他從神那裏領受了這兩句重要的信息。這兩句話，亦是我生命導師Dr. Hans Burki不斷提醒我們的："In returning and rest is your salvation, in quietness and confidence is your strength."

這兩句話的精髓，就是要學一個「靜」字。靜是休息、放下、停止，Dr. Hans Burki的說法是"be present"，就是要活在此時此刻，在安靜中把噪音摒除在外，專注自己內裏的聲音。我有時亦覺得自己並不是活在當下，經常為了尚未解決的問題而煩惱，為如何走下一步而焦慮，很多時與人談話，不是真正的「在」，而是人在心不在。老師時常教我們要"be present"，要「在」。而這個「在」就是活在此刻、活在當下。

原來當你獨自一人走進大自然，停下步伐，離開外面許多煩擾的聲音，內在的聲音會顯得更加嘹亮。我體會到「得救在乎平靜安息，得力在乎平靜安穩」中，所提及的力量的來源。原來我們的力量，許多時消耗在處理過去成長中的創傷之中。創傷未曾得到醫治，會變成抑鬱、憤怒。當我們在安靜中重整和回顧過去，一些自己以為已經忘記的片段又再浮現。無論是自己與父親、母親的一些衝突，與家人的一些爭吵，或是與同事的一些摩擦，或是在前線服侍青少年被拒絕、被忽略、不被尊重的感覺，一一造成傷痕，點點滴滴累積起來，令我們的心頭變得沉重，消耗我們的心力和精神。此外，許多人都會活在明天的焦慮當中，經常擔心，還有許多稿未曾寫完，還有許多講章要準備，還有許多重要的會議未開，許多重要的事未處理，很多問題懸而未決。這些統統是明天未發生的事，卻成了我們的焦慮，我們因此未在此時此刻好好的活，而是在這些問題之中兜兜轉轉，不斷的消耗精力和心神。

我在，我靜，當我聆聽到自己內在的聲音，才有空間去清除、清理內在的壓力和傷痕。我的信仰亦教我要與神同在；除了往內看，還要向上看，得着從上而來的力量，釋放自己，放慢腳步，讓生命變得輕省。每有重大決定，我都會先安靜下來。當年，我從醫療界轉到青年工作，便首先安靜下來，思想以賽亞所說的話，我在安靜中有很大的體會。當時的以色列人很迷亂，不知道何去何從，以賽亞便對他們說：「你或向左，或向右，你必聽見後邊有聲音說，這是正路，要行在其中。」這句話成為我當時的幫助。在安靜中，這句話在腦海裏清晰響起，令我對前路滿有把握；於是，我義無反顧，踏上服務青少年的路。

此外，Dr. Hans Burki知道我正在尋找「父親」，所以他說："Father yourself!"他的意思是，不要只在外面尋找父親，其實父親就在你心中。當你安靜下來，你就會經歷到你在，愛在、神亦在。我們不願意安靜下來，反而在外尋尋覓覓，卻不知道答案正正在我們心裏。Dr. Hans Burki又說："The way out is the way in."當我們心中混亂煩躁，這個時候要尋找出路，其實是要往內看，而不是往外撲。

活得精彩，靜思得力

有一位教育界大師Parker Palmer，雖然我未曾見過他，但我寫過信向他請教。我看過他許多著作，包括*To Know as we are Known, The*

Active Life, The Courage to Teach: The Inner Landscape of a Teacher，從中得到許多幫助。雖然他是一位美國學者，卻花許多功夫去讀《莊子》，在*Active Life*這本書中，他講了許多莊子曾說過的故事，其中一個是這樣的：一個木匠，雕刻出一個非常完美的雕塑。皇帝好奇問他，如何才能雕刻出這種完美的雕塑。木匠說，在安靜之中找到一棵合適的樹，這個美麗的雕塑早已存在於樹的本身。

這些小故事引起我對《莊子》的興趣，我還聽過記得另一個小故事：有個人很怕自己的影子，另一個人則很怕自己的腳印，兩個人為了擺脫影子、腳印，於是不斷地亂闖亂跑，希望甩掉影子和腳印，但是影子、腳印卻老是跟着他們，結果二人筋疲力竭而死。最後這位智者留下了兩句很重要的說話：「處蔭以休影，處靜以息跡。」在樹的蔭庇之下，影子便會停下來；你不走路，便沒有腳印了。其實影子、腳印都是我們隨身的朋友、伴侶，並不需要懼怕。察看自己的影子，會察驗到自己生命中幽暗的角落；回望自己的腳印，會明白自己成長的歷程，當中我們會得到很多的啟示。

Parker Palmer在自己最抑鬱的時候，他安靜歸回，終於找到自己的召命，成為一位很出色、很有深度的教育工作者，在2000年獲選為美國三十位最重要的教育家之一，他有句話亦成為我一生的激勵，他說："To be fully alive is to be contemplated."，我將之翻譯為，「活得精彩，靜思得力」。

我在上一章亦曾提到，Hans Burki帶我們上山，在大自然中靜默，與自己相遇、與創造主相遇，從靜默中重新得力。我從莊子、Dr. Parker Palmer和以賽亞身上，學會了安靜的祕訣，安靜真的是讓人重新得力的不二法門。在安靜的過程中，首先我們須要聽，從聆聽自己內在的聲音開始，接下來是面對自己生命中的影子，生命中的幽暗，還有混亂的足跡。在靜默中面對它們，好好的整理，使之成為你生命中重要的經歷和指標，而不是控訴和攔阻。作了生命整理以後，便能與創造主相遇，聽到從上面而來的聲音，就是神的靈所發出的聲音。

「突破」由1997年開始舉辦的「國際華人青年領袖訓練營」，我們一直堅持，在每場講演、每個活動之後，都要讓與會者有片刻的寧靜，聆聽自己內在的聲音，最初大家都很不習慣，因為營會活動排得密密麻麻，有許多談話討論的時間，沒有片刻的寧靜。在七天的營會中，我們特別在第五、第六天的晚上，安排一段更長的安靜時間，要學員上山獨處一個晚上。天已入黑，營友獨自一人，帶默想指引出去，給自己，或最親愛的人寫一封信，表達自己在靜思中的心迹和想法。

參加營會的青年人，都是一些非常出色、有良好表現的青年人（就是那些國內稱為「三好」的青年）。這些孩子非常活躍，反應敏捷，在態度上亦十分積極。其中一位女孩，在學校是一名出色的高中生，每次學校有來賓到訪，她都是學校的代表，負責發言和接待。在那天晚上，我在山上遇到她，見到她獨自一人靜默地坐在一旁，臉上有明顯淚痕。我跟她傾談，她坦誠地分享自己的心聲，她說自己承擔不了，覺得自己是一個失敗者。我很驚奇，對她說，你不是在各方面都表現得很出色嗎？為什麼會自覺是失敗者呢？她說，家中有六個愛她的人，每一個對她都有期望，包括父親、母親、爺爺、嫲嫲、婆婆，還有公公，他們十分愛她，可是同時也有聲無聲地將各自的期望寄託在她的身上，她覺得非常沉重，失去自我，很想找回真正的自己，找到自己真正想做些什麼。

現代父母很多時都傾向於“over parenting”，對子女過度保護、過度要求、過度期望和過度指引，令子女感覺到很沉重。平常，子女未必感受或意會到心裏的壓力，但當安靜下來的時候，便會發現眾多期望對自己內心所造成的重壓。

有一年訓練營在上海舉行，我們安排了一項活動，就是到長江邊靜靜地待上三個小時。在這段時間之前，我們看了一段有關中日戰爭的影片。那場戰役，中國因守不住長江口，給日本軍隊長驅直進，進入南京。影片對那場戰役有很多細緻的描繪，許多殘酷的影像，一幕一幕在眼前出現，讓人留下深刻的記憶，久久不能磨滅。來到長江邊，默默對着滾滾長江，「我是誰」的問題不期然浮現。那一次，我們一行過百人，大部分是青年人，一同沉默無言，坐在江邊，連在公園巡邏的公安都感到驚奇。直至日落，天黑了，大家亮起手上的電筒，繼續靜默，繼續沉思，然後寫札記。直至今天，那日的情景仍歷歷在目。分享時，青年人都說，他們感到面前滾滾的長江水，是與自己有關的。中日戰爭紀錄片，眼前的長江水，幾天的活動，和在「國際華人青年領袖訓練營」的交流，他們在默想中，自然地編織出「我是誰」的思考，他們很想找回自己，很想為自己的身分重新定位：香港人的身分、華人的身分、上海人的身分，甚至國際公民的身分……這些青少年都希望活得精彩，不願意無聲無息地走過一生。而惟有在靜默中，他們才聽到內在的聲音，清除一些自己從未察覺的障礙；惟有這樣，心靈才得以甦醒過來，使生命變得更有活力。

太太和我，兩次遠赴瑞士Rasa，參與Dr. Hans Burki主領的「生命重整營」。

前路的抉擇

參加「國際華人青年領袖訓練營」的青年，年齡由十八至二十二歲，來自不同的地區，除香港以外，還有上海、北京，和國內許多不同的城市，又有加拿大多倫多、溫哥華、澳洲悉尼等地的華人青年，他們匯聚香港，參加為期數天的營會，他們大都非常好動，不過他們都非常珍惜營會中的安靜操練。

她在上海長大，參加過營會之後，過去幾年，都從上海來做義工。她叫黎明。

她正面對人生的抉擇，要選擇自己的前路。其實，這一代有許多的選擇，但正因為有太多的選擇，令到他們舉步艱難，因為周圍有許多的聲音，令黎明無所適從。全世界的人都希望可以在上海找到機會，而上海亦面向全世界，不再是浦西上海灘三十年代的樣子，現在已經進入了以浦東新上海為標誌的新年代，尤其是2010年度世界博覽會在上海舉行，令上海煥然一新，成為全球最重要的城市之一。

黎明生活在上海這個不斷轉變的城市，面對着很多的選擇。上海會成為一個以金融和貿易為主的城市？還是成為一個國際文化大都會？因應上海大環境的變化，究竟黎明應該選擇一條什麼樣的路？周圍的聲音非常嘈吵。

我十分欣賞她的父親，因為他並沒有將自己的期望加諸於女兒身上。現在很少青年人會跟家人剖白內心的想法，而黎明卻很難得的願意跟父親談話。透過與父親的交流，她很清楚父親對自己的愛顧，也清楚父親對自己的期望，但這些期望沒有給她造成不必要的壓力。她成績優異，後來她順利升上一流的大學，裏面個個都是競爭力強的同學。她考進這間一流大學，也代表着走入一場吃力的競賽當中爭取排名，因為上海就是一個要爭第一的城市。她在競爭的環境中長大，也面臨前路急遽改變帶來的抉擇。

不過她沒有被壓力拖垮，我不只一次聽她分享，面對眾多不同的聲音，她出奇地平穩，她並沒有忘記在營會中所學習的寧靜，聽清楚自己的聲音，究竟自己心中的夢是什麼？究竟往前行的時候，心中的召命是什麼？面前許多的選擇，有時是祝福，有時亦是艱難。她曾經申請來港進修，修讀有關社會公共衛生的課程，但可惜被大學拒諸門外，感到十分徬徨。最後，她進了一間在深圳的研究所，一邊工作，一邊等待。後來，她有機會到香港中文大學做訪問，那時候，她聽見了自己內在的聲音。據她的描述，她感到內裏的寧靜，知道自己很想為這個社會作出貢獻，亦想研習社會學，學習如何認識這個社會，她開始對這門學問感興趣。不久，她幸運得到一些教授的推薦，跟隨一位教授在中文大學作社會學和公共衛生方面的研究，達成了她的心願。

縱然前路尚未清晰，但每次與她交談，都發覺她心境平靜，定位清晰，亦能肯定自我的身分。她說絕對不會忘記自己的身分，對自己的城市、自己的國家，都有一份真摯之情。她還很喜歡香港，因為這個城市讓她有許多的體驗；即使如何嘈吵，退到山上，便能安靜下來，使她更認識自己。在安靜當中，無論是對自己的認識，對家人的了解，對前路的抉擇，都好像多了一點點的把握。她一步步的向前行，心裏沒有一絲的急躁。縱使未有確實的方向、確實的答案，但她的內心，卻靜靜地醞釀着安靜的、沉着的力量。

黎明參與的「國際華人青年領袖訓練營」中，其中一項學習是「安靜獨處」。

05 靜

06. 死

07 道

死

「若有人要跟從我，就當捨己，背起他的十字架來跟從我。」
——耶穌基督

放下自己

師友關係是一種跨代的關係，是一種彼此相愛、互動的關係。年長一代，分享自己生命中累積下來的智慧，而年輕一代，生命得着啟發，又承傳了生命，兩者互為關係。

開始一段親密互愛互動的關係，並非一件容易的事。師友關係是一個不斷放下自己的歷程。在西方世界，絕大部分人都認為耶穌是一位偉大的老師。耶穌的一生，就正正是一個不斷地放下、不斷地捨棄的歷程。他本有神兒子的尊貴身分，卻降世成為人，當木匠的兒子。他虛己去接觸一些不被接納的人，無論患痲瘋病的、盲眼的、貧窮的，都可以成為他的朋友。他完全為他人而活，甚至連自己的生命也捨棄。他被一個學生出賣，在羅馬帝國統治下的以色列，給釘死在十字架，結束一生。

只有捨棄，只有放下，才會活得精彩，生命才活得真，活出感染力。耶穌對跟隨他的學生發出挑戰：「若有人要跟從我，就當捨己，背起他的十字架來跟從我。」他要跟從者也學效他——不斷的放下。

人要學習放下，最大的障礙就是自己，因為人的老我、人的成見和內裏的恐懼，叫人不敢冒險。別說跟從人，就算是自己的習慣、思想、行為，也很難作出轉變。人人不同，各有各的難處、成長的背景和困局，所以耶穌說，各人要「背起自己的」十字架來跟從他，就是指每個人在放下自己時，要面對自己的痛、自己的苦，每個人都有自己要付的代價。

中國的萬世師表孔子，能文能武。他父親是位出色的武士，孔子遺傳了一副強壯的體魄，父親亦要他好好鍛煉身體。孔子的母親和外公是有學養的人，母親教他音樂和文學，發現兒子的天分，於是特別請她父親教導孔子。即使後來當了老師，孔子仍孜孜不息於學，他曾經說：「學而時習之，不亦悅乎？」孔子入太廟，每事都問，又說：「三人行，必有我師焉。」而且，他又謙卑地說：「我非生而知之者，好古，敏以求知者也。」他一生之中不只為人師表，更不斷放下，虛以求學。他對跟從的學生也有要求，曾道：「克己復禮為仁」，又說：「無欲則剛」。他口中的「己」和「欲」，很多時候，是人成全「仁」的障礙。他一生為了實踐「仁」，經常忘我，冒險犯難，遊走過許多國家，推動心中仁愛的理念。他在自己出身的魯國，表面上似乎受到器重，但其實是暗地裏被人放逐，於是他周遊列國；他到哪裏都似乎備受尊崇，實際卻被各國主公棄而不用。在他五十五歲到六十八歲期間，總共有十四年的時間離開了家鄉，與門生在列國之間顛簸，不斷往返。雖然他的政見和學說不為人所賞識，但孔子把握機會，沿途不忘收徒授學，薪火相傳。

著名學者及作家余秋雨在《文學》一書中曾說：「中國文化的組成，除了一堆堆的文字之外，亦靠着一排排的腳印。大家都知道我特別看重包含腳印的文字，或是文字的腳印。」而對孔子來說，這些磨練讓他能夠觸摸邊界、實踐天命、超越自我的界限。

不斷放下自己，闖入不同領域，就是生命不斷成長、不斷傳遞的過程。所以我在闡述「放下」的意義時，喜歡用一個「死」字來代表——要成長也好，要跟隨師傅也好，也必須先「死去」——嘗試放下，放下讓自己裹足不前的恐懼，放下令自己的生命停滯的恐懼，這樣，才能有所突破，置身廣大無窮的天空下。

對親密的懼怕

我讀心理學時，曾經看過一本令我印象深刻的書*Your Fear of love*，它說到人很渴望愛與被愛，但同時亦對愛和親密的關係有一種恐懼。當人進入一種親密關係，無論是父母子女的關係，兄弟姊妹的關係，師徒關係，甚至夫妻關係，其實都非常害怕，害怕在親密關係中曝露自己；人愈接近，愈赤裸裸地被對方看見，對方也像一面鏡子，照出你是一個怎麼樣的人。

我對親密關係也有恐懼，亦因為這種恐懼，一度影響我與人建立親密關係。追溯源頭，這與我的成長經驗有很大關係，而父親對我有很大的影響。我父親是一個十分勤勞，亦非常願意為家庭付出的父親、丈夫；在工作上他背負許多的辛酸、勞累，所以回到家中也難免帶着許多情緒。當他發脾氣的時候，我們就會很害怕。我是家中長子，他特別疼我，很少罵我，在記憶中父親從未打過我。但從小開始，我已經懂得看人的「眉頭眼額」，知道在父親面前要很小心，別要惹起他的情緒；我又知道什麼事他會答應，什麼事他會拒絕。後來我作了一個心理測驗，發覺原來自己有取悅他人的傾向，心理學稱之為“please me”，這其實是源自一種恐懼、怕被人拒絕的心理，這種感覺一直潛藏在內，成為我與人建立親密關係的障礙。

Dr. Hans Burki的太太Mrs. Burki亦是一位非常出色的家庭輔導者，教導夫婦建立親密的關係。我聽她分析，覺得她很厲害，往往一語中的，點出夫婦間問題關鍵所在。她比Dr. Hans Burki嚴肅，令我有點害怕。有一次，我與太太參加營會，她細心聆聽我們夫妻的故事、彼此的生活節奏，對我們作初步認識，接着她邀請我們玩一個簡單的小遊戲。首先，她請我們向前走，我便邁開一貫的步履，大步大步的向前行；太太亦以平常的節奏邁開腳步。她步伐較細，走得較慢，所以很多時候，我們一家人走在街上，我和兒子總是走在最前面，將太太遠遠拋離。Mrs. Burki看後，提醒我們調校步速，並肩同行。她看着我們，臉上帶着微笑，我知道她不是要責罵我，只是提醒我重要的夫妻相處之道。

原來我表面上與太太一同走，實際上卻是各自走路；我只顧往前衝，沒有留意節奏，也沒有顧念到太太走得慢，所以在二人當中，我應該做「步伐調節者」，把步伐放慢一點，好與太太配合。不管什麼時候，我都要提醒自己，不要一下子便催促太太，要為家人調整節奏。我也檢討為什麼自己老是向前衝，這個反省更關涉親密關係；關係同樣須要彼此調節，敏感對方的步伐，然後放緩自己，學會「放下」，才能建立一個更親密的關係。直至今天，我心中對親密仍潛藏懼怕，還要不斷的學習。

對光的逃避

光最重要的功能就是將黑暗驅除，照明每一個角落，給人帶來指引。但有時我檢視自己的時候，發覺自己對光有種不由自主的迴避。這種迴避究竟是什麼呢？不是怕照出環境的黑暗，看到這個世界灰暗的地方，而是怕照出內在的黑暗；人內在的黑暗比外在世界的黑暗更令我害怕。在〈靜〉那一章中，我也提到人們要在急速的節奏之中靜下來，進入安寧。當然，有些人會用急速的節奏來處理內在的恐懼，在喧鬧當中，你不須要聆聽內在的聲音，在急速當中，你不須要進入一些親密的關係。但是安靜，就是讓光驅走內在的黑暗，在光之下，清楚觀照自己的內在，而內在的黑暗亦會轉變成光明。

我深深明白安靜的重要性，所以每年都會安排一些時間退修，或與太太、或與同事一起學習安靜。

安靜之旅，是進入自己內在的幽暗之旅，也是光明之旅。得到Dr. Hans Burki的指引，我得以回到人生的不同階段，作出回顧、檢視和整理。許多時候，人以為自己忘記的某些東西，其實只不過埋在潛意識的深處，或者把它壓抑着。安靜時，導師叫我們盡量放鬆，來一個午睡，從夢中追溯一些生活片段。不過，得要有心理預備，有時會追溯到一些美麗的回憶，但也可能出現一些黑暗的影像。

我三歲時已讀一年級，同學年紀都比我大，有些已經是七、八歲的孩子了。進到課室，面對陌生的環境，我感到十分孤單，而我只會說上海話，老師說的我一句也聽不懂，於是很害怕，經常哭泣。當然，我也有許多甜蜜的回憶。當時的老師、同學都十分樂意幫助我，老師會捉着我的小手做功課；回到家中，母親亦會握着我的手一起寫字，就這樣，我度過上學的第一年。慢慢地，我已經十歲了。

我畢生也不會忘記那個片段——在小學五年級的下學期，剛剛考完試，老師帶了很多有趣的故事書回來。我安靜的閱讀一本圖畫書，突然生了一股衝動，很想擁有這些書。到了放學，老師點算時，發現少了六本，他對全班同學說：「我要打開你們的書包，看看有沒有同學拿了圖書。」我心頭砰砰亂跳，十分驚慌。這個時候，媽媽來了，我立即舉手問老師：「媽媽來接我了，我可不可以離開？」因為我是班中年紀最小的一個，一向很乖、很靜，於是老師說：「好，你先走。」我就這樣走了。俗語說：「紙包不住火」，第二天回到學校，老師的眼睛已經告訴我他知道發生什麼事，他走過來靜靜地對我說：「到校務處來，我有話跟你說。」那六本故事書就在我手上！回想起來，我也不明白為什麼會生出這樣的欲望，想獨佔這些圖書。是什麼推動力驅使我做不該做的事？而我當時只有十歲！

事件發展到最後，我被記過，但老師並沒有將此事張揚，令我感到羞愧、無地自容，他當時只對我說：「蔡元雲，我相信你以後都不再做這種事情。」他是吳兆圻老師，我一生都好感激他。

這些片段讓我看到自己心靈的幽暗角落，原來一個操行良好的學生，也會因為無法控制的衝動，做出傷害自己、傷害別人的事情。我在靜思過程中，又出現了另一個曾影響我學習信心的重要片段——大學入學試失敗。我看見自己離開香港大學，從斜坡走下去的背影，當時傷心的眼淚、心中的憂傷、絕望，都一一浮上心頭，好像什麼也失去了，前路茫茫，一片漆黑。原來事隔多年，我內心仍然存着這些陰影，懷疑自己的能力，心裏充滿說不出的恐懼。我無法解釋這些為何會出現，我不能夠責怪自己的父母、不能夠責怪自己的遭遇，只能夠謙卑地承認，這個真是自己的本相，是生命的一部分。到今天，我仍是十分恐懼，既想親近光，又想迴避，好想透過光，將外面的世界看得更清楚，亦透過光對自己認識多一點；無論如何，迴避光，一定會造成成長的障礙。我去見生命導師，有時會吞吞吐吐，沒有膽量將幽暗的角落敞開，反而將之收藏。這樣，無論對自我認識，還是讓師傅認識我，都構成很大的障礙。

對不知的逃避

相信有好多人對於前路的未知之數，都會恐懼，從而卻步（the fear of unknown）。我發覺自己很喜歡可以控制場面、控制情緒的感覺，這種控制欲甚至有時連自己也想支配。亦因為這個原故，我寧可讓自己停留在安舒區（comfort zone），例如找朋友，我會找自己相熟的，不必多言，已經知道對方的需要。工作、運動上，我亦不喜歡冒險。我曾經學過溜冰，最終也學不會，因為每當我站在溜冰場上，就有失控的感覺，跌了幾回，我便把剛買回來的溜冰鞋送人。我亦曾經學過滑水，站在滑板上，我就平衡不來。我寧願停留在一些自己可以掌握的地方，無論是對身體的掌握、對情緒的掌握、對環境局面的掌握，我都有一種難以形容的渴望。但人進入生命的召命，卻往往先要放下，放下自己最有把握的東西，放下自己心中的恐懼，單憑信心踏出一步，進入一個自己不知道的領域。

從1973年開始，我逐步退出醫療隊伍，到1977年才完全放下，全身投入青年工作。這個漸變的過程顯示了自己很想「掌握」。在我考慮是否加入青年工作時，蘇恩佩提醒我要安靜等候。我知道自己當時心裏很恐懼，我用了多年時間習醫，又在醫院工作了幾年。當我走進診症室，與護士一起巡房，感覺很舒服，舉手投足都很自然，很享受，很安全。在醫院工作，不只是專業讓我有安全感，生活上也帶給我安全感，我的生活穩定，家人、父母都在身邊。要放下這一切，讓我忐忑不安。但在朋友、老師的陪伴鼓勵之下，我鼓起勇氣轉行。到了今天，再回望昔日的放下，其實當中有許多掙扎，只是在跌跌撞撞間，發現自己原來是可以的，那是一個成長的歷程。

後來香港政府邀請我加入建制，做青年政策的顧問，又邀請我擔任「青年事務委員會」的主席，其實我心中亦充滿恐懼，懷疑自己根本並不適合這個崗位；我既不熟習政治運作，又要在陌生的圈子中面對政界、商界等不同的專業人士，心中惶恐萬分。有關這個決定，我要感謝好友李金漢博士，他是中文大學的教授。他提醒我，昔日參與青年工作，豈不是為了給年輕人爭取好政策、好的成長空間嗎？他肯定地說：「你值得考慮迎接這個挑戰。」於是我毅然接受，但坦白說，我當時內心十分虛怯。

每一次，當我去到完全陌生的環境，心中總不能夠壓抑恐懼。無論與同事去上海，或是到北京做培訓、接觸民工子弟，又或者於512四川大地震之後，走進災區做社區心理康復，這種虛怯的感覺一直跟隨着我。年紀愈長，我的角色開始轉變，自己開始成為了別人生命中的導師，成為他們的師友，這種感覺亦令我恐懼，覺得自己再沒有其他投靠。這個時候，Dr Hans Burki的一句話帶給我安慰："father yourself"，先給自己肯定，再求神的靈的肯定。藉着這樣的肯定，人安定下來，就可以大着膽子進入一些陌生的地區和領域，這亦是一個的成長的歷程。

在Mrs. Burki指引下，太太和我學習調校步伐，建立更親密關係。

死中得生

前面我講了許多與年輕人同行的故事，而與我最貼近的年輕人，當然是我的兩位兒子。他們的性情很不同，先講我的小兒子。

小兒暉明是一個敏感、觀察銳利、反應迅速、善於表達情緒的一個孩子。他曾經寫過一篇文章，説我是他的嚴父，是他的英雄，亦是他的朋友。我看後感到十分安慰，因為他願意將我當成朋友。

暉明亦經歷過一個不斷放下自己的歷程。

在他取得臨牀心理學博士學位之後，有好幾個政府、私人機構聘請他，他工作了一段時間，覺得是時候尋找生命中的召命。他想和年輕人同行，不甘心光做一些心理測試、心理評估的工作，於是他踏出第一步——放下高薪厚職，加入突破機構當輔導員。剛好在這個時候，他的太太生病了，患上一個免疫系統的病，脊髓神經、眼球神經受到影響，導致看見重影，有一段時間還要坐輪椅。那段日子，暉明陪伴太太進進出出，輪椅去不到的地方，他便背起太太，一級一級的走上去。我望着他們，心裏十分感動，我知道他要放棄許多想做的事，專心陪太太渡過生命的難關。

後來他太太身子好了點，懷了一對雙胞胎，分娩過程非常危險，要緊急剖腹，孩子早產了兩個月。太太要住院一段時間才能康復，兩個孩子都要住進深切治療部，小的那個住了一個月，大的更要住上兩個月。突然之間，兒子身邊最親愛的人都要走過幽谷，他既要照顧妻子，又要照顧雙胞胎，十分疲累。他要學習放下，放下自己的需要，放下自己的情緒，全心全意照顧妻兒。

他在突破輔導中心，負責過許多的小組訓練，慢慢感覺自己不想只留在輔導室內，以一個專家身分，等候約見有需要的人，做輔導、評估和治療。他覺得自己的召命未必是做這些工作，內心開始忐忑不安，甚而不滿自己的工作表現。經過一番掙扎，他決定嘗試一些不同的領域。

他和我去了四川兩個星期，跟我一起進入災區，在臨時搭建的棚屋接觸災民。當時，一個五十多歲的四川男子打電話來求救，他不知道接電話的居然就是一位臨牀心理學家。就是這通電話，暉明找到心中的召命。在困乏無助的地方，他踏出了第二步，回應有需要的人。一通電話，一個陌生的四川地震難民，在四川的災區，暉明找到自己。不久，他去北京民工子弟中做家訪，搞一些成長活動；在民工子弟身上，他更清楚認定自己的召命。

我回顧多年與兒子同行的日子，我留意他無論選擇專業，或作什麼大決定，他都是先安靜，學習聆聽內在的聲音，這樣，他便能避免偏見，作出正確的判斷。不管是事業，是婚姻，甚而是尋找召命，他都經歷了不斷「放下」自己的歷程，才能清楚自己真正的渴求，與內在的真我相遇。

從暉明出生那天開始，我已學習與他同行——亦父、亦師、亦友。

07. 道

道

"Growth without depth."—John Stott
有成長，欠深度。

文字救贖

我在許多不同的場合都聽過著名牧師John Stott的分享訊息，最後有幸到英國與他碰面，之後亦有機會與他一同到上海、南京做訪問，與他近距離地接觸，亦有機會參與「靈風基金」獎學金的工作，贊助國內大學畢業生進修博士學位。他踏遍地球上大部分的國家，留下了許多的足跡，寫下了六十六本著作，而他亦曾經被*Time Magazine*（《時代雜誌》）選為當代最具影響力的一百個人之一。

有一次遊歷時，我問他對年輕人有什麼觀察？他用三個字回答，讓我有很大反省，就是"growth without depth"，我譯作「有成長，欠深度」。他觀察到這一代很講求觀感上的滿足，透過不同方式去追求一些官能上、感覺上的刺激，反而很少花時間去鑽研真理，為自己的生命建立深度。他常說：「人活着不是單靠食物，乃是靠神口中所出的話。」他對言語、文字感覺敏銳，所以他教導別人時，會用文字將人生的道理、生命的真理記載和演繹出來。我透過與他接觸，也不禁反省究竟自己的生命有沒有足夠的內涵和深度呢？我與蘇恩佩成立「突破」時，她談「文字救贖」，與一些社會學家相呼應，像Jacque Ellul便提過 "humiliation of the word"。John Stott說這一代低貶文字。其實，文字盛載着人類的文化和精粹，文字將人類的文化一路傳承下去。無論傳播媒介如何電子化，或是影像化，但根基依然是文字；一個人要有深度，都不能夠脫離文字的餵養。

書到用時方恨少

我在中學階段，閱讀的興趣不大，只喜歡看金庸、梁羽生的武俠小說，而我唸的是理科，有關文學、文化等書籍的涉獵很少，對於正式的經典更無甚接觸。到了大學，我開始對生命有一些醒悟，在學生團契中表現積極、投入、主動，到了大學第二年，被同學選為學生團契的主席。在當主席時，我自問很努力、很認真地付出，亦充滿年輕人的幹勁。不過，青年人有時會表現得有勇無謀，我不止一次判斷出錯，執行上也有漏洞。所以過了半年任期，再選主席，明顯地，同學對我失去信心，不再選我了，我甚至未能躋身職員會。我十分失意，獨自一人頂着寒冷走回宿舍。幸好宿友還未回來；我獨自在房中沉思，心有不甘，翻開《聖經》，讀到一句：「你不能夠只有熱心，而不是按着真知識。」這句話讓我清楚覺醒到，自己的生命缺乏內涵和深度！這句話至今印象依然深刻。

後來我做了醫生，時常感到不足，幸好有上司的提點，自己亦多看醫學期刊，醫學知識不至落後。及後我轉當輔導，仍是帶着強烈的不足感。面對着許多從未遇過的家庭成長、精神創傷等問題，我感到束手無策。這個時候，我會叫自己停一停，抽離一下，再重新評估。記得第一次接觸一個患上厭食症的病人，當時我對厭食症的認識很淺，只知這個病對人影響至深。我記得早年在中學的好友徐理強醫生，從前送我一本談厭食症的書，但我已把書擱在書架上，只好立刻把書檢出來，認真翻閱。猛然察覺自己對這類病人的精神狀態、家庭的關係之認識何等淺薄。近十年我踏足中國，在上海、北京、四川，從事心理康復相關的培訓工作，不錯我的專業知識是足夠了，可是我對中國文化的認識卻非常有限；即使同是黃皮膚、黑眼睛、黑頭髮，大家在思想上原來有很大的距離。

我在上海有幸認識了華東師範大學的文學院院長朱杰人，後來他當了華東師範大學出版社的社長。朱老師是朱熹的第二十九代後人，也是朱熹學會的秘書長。每次見面，他都介紹我看朱熹的研究書籍，或是朱熹的哲學文集，給了我許多的啟迪。我曾兩度跟他到武夷山。朱熹的家就座落在武夷山，他在那兒做學問達四十年之久，後人把他的故居重修，成了文化旅遊的景點。那次我坐在朱熹的故居內，聽朱杰人老師解說朱熹的「治家格言」，深刻難忘。

朱熹的父親朱松亦是一位有識之士，但可惜在朱熹十四歲時已經離世。朱松將兒子交托給三位朋友——胡原仲、劉致中，劉彥沖。這三位朋友，便成了兒子的老師、養父，後來其中一位更當了他的岳父。他們三位可謂是朱熹少年時期的啟蒙老師，被稱為「三君子」，後來朱熹拜師李延平（又名李侗）門下，對少年朱熹有重要的啟導，令朱熹不單跟從佛家釋迦牟尼，或是道家老子，而是將注意力慢慢轉向儒學，用一生將中國傳統文化儒、釋、道三家，作出整理融合。

朱熹有一件事令我十分佩服，他察覺中國比較忽略格物之理，又同時主張「窮人理」，提高人的精神境界；認為「窮物理」、「窮人理」兩者互為表裏，兩方面都要兼顧。後來很多人都以朱熹的思想作為學術研究的基礎，對自然科學、天文學、數學、醫學、藥理學等不同學科作深入探討。朱熹不但留下人生哲學論說的重要遺產，亦在許多限制的情況之下，開創自然科學的研究，而他倡議的「格物致知」，亦是後人探討人生與科學的重要依據。武夷山一行，對我做學問的功夫有很大啟發。原來書到用時方恨少，要認識一個人，鑽研一種學問，首先要承認自己的不足，並且認真地下苦功。我們一班同事，隨朱杰人老師尋訪昔日朱熹教學的五夫鎮，踏着昔日朱熹往返教學的路，悠然神往。中國文化根本深厚，窮我們一生都無法完全貫徹通透。

有心，還要「有料」

我離開醫學界投身青少年工作後，特別在輔導青少年、輔導家庭方面付出了很大的努力。但是，當我踏進這個領域，才發覺自己十分無知。原來大大小小的輔導學派不下二千種！最初我以為只是學習一些技巧，好像佛洛依德（S. Freud）如何進行分析，羅傑斯（C. Rogers）如何聆聽，與人產生共鳴等，慢慢才體會，原來每位大師都有一套屬於自己的人生觀和世界觀。我不禁質疑自己所辨別出來的，是否真能幫助受助者。

佛洛依德的精神分析，在心理學上留下豐富的遺產。他深信人被兩股與生俱來的欲念所推動，分別是愛欲（eros）和死亡欲（thanatos），亦即人對愛、生和死的欲望，成為人類行為很大的推動力。而他對夢的解說，大都環繞着與「性」相關的象徵，亦是因為這樣的原故，他對人性的的探討始終在一個自設的框架內演繹。

B. F. Skinner是一代心理學宗師，他所提出的「行為治療法」引起了許多關注。他指出人是受到環境的刺激，才會作出回應，就像被飼養的狗，人們搖動鈴鐺，再給狗一塊肉，牠會流口水，以同樣的方法再搖動鈴鐺；但不給狗肉塊，牠同樣地會流口水。究竟人的行為是否只是對周圍環境的回應呢？他在*Beyond Freedom and Dignity*便大膽地說出一句「人真像一條狗」（How like a dog!）後來我看了神學家Francis Schaeffer的回應，他將這句話修訂了，“Back to freedom and dignity, how like a god!”，將“dog”變為"god"，對人性作出不一樣的解讀。相對來說，Carl Rogers對人的理性和善性則過分樂觀，忽視了人的幽暗面，在許多情況下，單用他那套以受導者為中心的理論（client-centred counselling），同樣不能達到助人的預期果效。

著名精神分析學教授弗蘭克（Viktor E. Frankl）曾被關進納粹集中營，才發覺人不只是生理及心理上的欲望要得到滿足，人面對生命的苦難，須要追求生命更深層的意義，叩問生命的意義價值所在。所以他後來寫成*Man's Search for Meaning*一書，提出了「意義治療法」（Logotherapy），將心理分析學派推至一個更深的層次。

身為一個青年工作者、青年輔導者，最重要的當然是要有心——關心、愛心，但有心之餘，還要「有料」。這也是John Stott所言"growth without depth"的層次，有成長而無深度是一種欠缺。所以，無論我的工作如何忙碌，也一定會抽時間閱讀，讓書本充實自己生命的內涵。我每到一個地方，都會逛書店，看看有什麼書籍是最新、最熱門，看看有什麼書受青年人歡迎，亦看看有什麼經典書籍是自己要看的。記得有一年去到中國內地一家書店，看見一本推介書，是由北京工業大學出版社出版的《一生必讀的六十本書》，向內地的年輕人推介了六十本書，當中包括一些古今中外的經典，好像中國的《論語》、《紅樓夢》、《西廂記》、俄國大文豪托爾斯泰的《復活》，還有《伊索寓言》、《亂世佳人》等等，我前面所說佛洛依德《夢的解說》，也是其中一本推介書；影響近代經濟的則有《國富論》。排在六十本推介書之首，用了七頁篇幅詳盡地介紹的，就是《聖經》。當中強調了幾點，第一，它是對人類影響至巨的經籍著作；第二，它是人類共同的教科書；第三，其價值相等於其他所有書籍的價值的總和。要了解西方文學，便要首先了解《聖經》。這本書用了相當長的篇幅推介《聖經》，認為是人類出版史上最流行、被評為最佳的圖書。這本從猶太流傳下來的舊約、新約，共有六十六書卷，的確對我們了解人性，了解自己，認識創造者有深刻的啟迪。

近年我對中國經典愈來愈感興趣。曾經有老師指導我，和我一同讀《論語》、《孟子》。我對《論語》、《孟子》的了解只可說是皮毛，不過甚覺有趣，對我了解中國文化甚有幫助。老子所留下的五千言《道德經》，篇幅雖少，但其中所言「道可道，非常道」，這個「道」的含義甚深，它是生命的根源——「道生一、一生二、二生三，三生萬物」，而「道」亦是一切「德」之源，他又以水作為道的象徵，他說：「上善若水。」，將水的溫柔、湛深、潤澤萬物的特性比喻「道」，對於人的了解、自然的了解、生命的了解可說十分透徹。

一次，我乘坐昂平360的纜車，上到大嶼山，參觀位於那裏的心經簡林，我深深被吸引。回家以後，我反覆閱讀釋迦牟尼年輕時寫下的《般若波羅密多心經》，雖然短短數百字，但是它對於智慧，對如何到達覺悟彼岸，對於如何做到六根清靜，如何進行內心的修煉，都使人有深刻的領悟。這些不同的經典，有時看來十分艱澀，但當你細心咀嚼，必然能對生命，對身邊不同文化背景的人，對生命的承傳，有更透徹的了解。

神交的生命導師

究竟書本可不可以成為人的生命的導師？

我很喜歡看John Stott所寫的書，他的著作簡單有力、也很有條理，能啟迪讀者的生命方向，建立生命的內涵，他一生的六十六本著作，都帶給我許多啟迪。他指出生命要有成長，需要真理的滋潤，才會有深度，而成長不是單憑己力的修煉，更要得到他人的指引，以及從上而來的能力。他那本《真理的尋索》廣受歡迎，已經被譯成了多國文字。

我亦很珍惜與John Stott面對面的接觸。他過着很簡樸的生活，住的房子只是一個小小的單位，午餐食物只是三文治伴少許薯條。後來我更打聽到，他衣服不多，穿的來來去去都是那幾套衣服。後來我有機會與他一起去中國，發現他對中國有很深厚的情感，常說很希望可以送出一些獎學金給內地的學生，讓他們可以繼續深造，接受裝備。與他近距離的接觸，我發覺他情理兼備，言行合一。他的著作正好印證他的信念，他所做的，就是他所寫的；他所寫的，正是寫出他所做。他亦來過香港，每次來港，都說要去觀鳥，剛好我朋友是觀鳥的專家，便帶他同去。他曾送我一本書，名叫*Birds Our Teachers*（中譯《以鳥為師》）。書中描述各類鳥兒的生命，都有許多值得參考的、學習的地方。透過這位生命導師的書，透過他的言行，透過他介紹我看的書，讓我更接近生命的本質和真相。

有幾位我心儀的導師，雖然我跟他們緣慳一面，但他們的著述對我來說十分重要，其中一位就是前述的著名教育家Dr. Parker Palmer。我與他素未謀面，但他的*To Know As We Are Known*，闡述什麼是教育，對我有很深很深的影響。"To teach is to create space, in which, obedience to truth is practiced"，原來教導是要為人創造心靈的空間，不只是時間物質的空間，更是創造願意謙卑聆聽，讓真理得到實踐的心靈空間。我的信念，我的召命，都是受他的啟發，是看他的*Let Your Life Speak*時獲得的啟發。他談到自己如何在生命的幽谷中檢視自己的生命，最終肯定教育是自己最大的召命。他又一語道破當老師的經歷，不只是學生怕老師，其實老師踏入課室的時候，內心對學生也有一分恐懼。*Courage to teach: The Inner Landscape of the Teacher*則是他自己作為老師的一次內心剖白，其內在的情緒，以及恐懼，足以影響教學表現，老師要學習如何處理內在情緒和實況，以致可以繼續學習為師。在另一本叫*The Active Life*的書裏，有這樣的一句話，"To be fully alive is to be contemplated, to be fully alive is to act"，他對靜思、行動、實踐方面都有獨到的闡釋。他的著作令我很受感動，於是我便嘗試寫信邀請他來香港講學，讓我和香港的教師，可以一睹他的風采，面對面受教，與他直接交流，很遺憾至今未能成事，但他仍是我一位很重要的、神交的生命導師。

還有另一位生命導師，我近年看很多他的書，那就是Eugene Peterson。他對文字有很敏銳的感覺，特別看重文字。他說word（文字），不只是寫下來的才重要，spoken word（講論）亦十分重要，包括身體語言；透過spoken word，生命可以互為影響。他當然亦看重文字（written word），認為文字是很重要的，因為文字的內涵非常豐富，對生命有很大的影響力。最近他一本新作叫*Eat This Book: A Conversation in the Art of Spiritual Reading*，教人閱讀時要細細咀嚼文字的深層結構，以及進入書的靈魂之中，那才不會「水過鴨背」，過目即忘。我們看書之後，不只要讓書的內容進入自己的思想當中，更要讓書進入我們的心。*Eat This Book*是一本教人心靈閱讀的書，值得我們細看。另一本*Word Become Flesh*則談及文字要成為有血有肉的載體，道（word）成了肉身；正如耶穌道成肉身，活在世人中間，將道彰顯出來。我去溫哥華的時候，很想去拜訪他，可惜緣慳一面，到目前也只能稱他為神交的生命導師。

我很感謝這些生命導師，讓我對生命之道有更深的追尋，我也感激一些素未謀面的大師，通過閱讀他們的著作，與他們神交，教曉我許多人生智慧。

John Stott不單是我「神交導師」，我十分珍惜與他面談交流，及同行共事的機會。

科技與內涵

我的大兒子廉明，性情比較溫純，從小到大沒為我帶來教導的困難。而他一生亦算是相當的暢順。他主修微生物學，大學最後一年，他對我說：「爸爸，我想轉讀醫科，你認為怎樣？」我聽後感到稀奇，因為平時很少聽到他說自己的興趣。過不多久，他又說，經過細心思想，他不想走微生物學、醫學的路，反而想從事傳播媒介的工作，所以想轉讀傳理學（communication）。聽罷我更感意外，對他說：「我很詫異呢，兩者很不同，轉科要考慮清楚。」隨即我便想到，自己的話會否對他構成壓力？其實我心底也曾希望兒子選讀自己昔日曾經讀過的醫科。再慎思一下，我肯定自己並不是期望兒子像自己一樣當醫生。於是我叫他安靜一下，聆聽自己內裏的聲音。過了不久，他很高興地對我說：「爸爸，我比你精明，因為你做了幾年醫生之後才轉工。但我在讀完第一個學位之後，就知道自己的意向，我決定轉讀傳理系。」於是他轉讀了傳理系，更有幸得到我的同事梁永泰在美國 Regent University做他的導師，最後取得傳理學碩士學位。他也非常幸運，畢業後在香港一些出色的公司工作，有份參與第一間網上書店的開創，成為香港首批的網上主管（web master）。後來他有機會去美國矽谷的國際資訊科技公司工作，回港後繼續從事資訊科技，已累積大約十年的工作經驗。

人在生命中碰到了一些挫折，就會對生命作出一些反省。他的工作似乎很順意，事業有成，與太太相處和諧，兒子活潑可愛，在讀書各方面都好。就在這時候，晴天霹靂，他忽然發現腦下垂體有一個像高爾夫球般大小的腫瘤，醫生證實腫瘤是良性的，但也要先後做了兩次長達八小時的手術，才能將腫瘤切除。為免腫瘤復發，兒子再接受了電療，將腫瘤細胞控制，之後他又要服食許多荷爾蒙的補充藥物。在這個過程中，媳婦與他一路同行，令我非常感動。記得有一次，我陪他們坐在醫院的地牢等候電療，在那裏等候的人都是要接受腫瘤治療的病者，面上都呈現出飽受煎熬的痛苦。所以，我十分欣賞廉明夫妻二人並肩走過這段「死蔭幽谷」，沒有怨言。

有一天，兒子對我說：「爸爸，我考慮過了，我想暫時離開現在的工作。」我就對他說：「你的老闆對你也很不錯，似乎快要晉升。」他說：「我對資訊科技、傳播媒介確實很有興趣，但是我想充實自己生命的內涵，所以想暫停一下，用三年的時間進修神學，多讀《聖經》，多讀一些與生命成長有關的科目。」我凝視他，又再細看他太太一眼，知道他們並非一時衝動；經歷了生命的風浪，他知道什麼是重要的，所謂「Content is King」，科技如何發達，也不能缺乏生命成長相關的內容，他希望成為一位資深的資訊科技人，亦希望自己所做的能造就別人的生命。

廉明今天有機會將資訊科技與生命內涵結合，服事青少年——上陣不離「父子兵」。

08.

承

「願那感動戴德生的靈，加倍的感動我們。」
《一脈相承》，戴紹曾

先鋒者被遺忘了

引言

我與戴紹曾博士相交逾三十七年。最近數年，我們一同在四川進行青少年訓練項目。2009年，他安息主懷，回到天家。《一脈相承》文集的出版，就是要紀念他，其中一篇文章由他的兒子戴繼忠執筆，篇題為〈薪火相傳〉，文章中他從曾祖父戴德生醫生開始，講述戴氏四代在中國的跨文化工作，令人感動。戴紹曾博士曾憶述祖父所說的一句話：「願感動戴德生的靈，加倍的感動我。」可以想像，從戴德生醫生一顆中國心開始，戴氏一族直到如今，對中國這片土地的情懷始終如一，努力奉獻！

戴紹曾博士有一本遺作，叫《雖至於死——台約爾傳》。戴紹曾博士是史學研究專家，他以歷史學家的筆觸，記錄了戴德生岳父台約爾（Samuel Dyer）的一生。台約爾短短三十六年的生命，有十六年在亞洲，學會普通話、潮州話、閩南話，還與妻子譚瑪莉一起辦學，在檳城、馬六甲和新加坡開設華人女子學校。他又研製以中文金屬活字印刷《聖經》，對日後中文印刷有很深遠的影響。受到父親的熏陶，他三名子女長大後，也選擇留在中國，從事服務和教育工作。但很奇怪，雖然台約爾對後世貢獻良多，華人社會對他卻很陌生。在台灣一間大學任教中國近代史的林治平教授很欣賞和尊重台約爾，對於大眾對他的遺忘感到可惜，以致他為這本書作序時寫道：「先鋒者已被遺忘了 。」

新世代青年很多時缺乏歷史感，不會把先賢先鋒放在心上。他們往往忘記了，其實自己的生命裏，承傳着眾多先賢努力積傳下來的寶貴遺產，這種遺忘亦是我們生命欠缺深度的重要原因。

白臉孔的中國人

澳門馬禮遜禮拜堂側有一個西洋墓地，用來埋葬在澳門生活和貿易的不同國籍人士，他們在澳門寫下人生的最後一頁。當中我最熟悉的要算馬禮遜博士，他在1807年來華，出版了《華英字典》和中文版《聖經》。那次我和戴紹曾博士來到墓園憑弔，他站在馬禮遜博士墓前，向我講述了許多關於馬禮遜的事迹，接着他指着旁邊的墓地問我：「你知不知道這個是誰？」我看一看，原來是台約爾，我來這個墓園已有數次，卻從來沒有留意這兒也埋葬了台約爾。然後，戴紹曾博士開始講述台約爾的故事。台約爾是戴德生的岳父，家族祖上四代已經來到中國，他在中國從事醫療教育服務，他的兒子更在中國土生土長，並且繼承父業。我一邊聽，不禁面有愧色，驚覺埋葬在這兒的洋人，都是畢生貢獻中國，最後長埋澳門的。

戴紹曾博士曾踏足中國許多個城市。一趟，他參加旅行團，來到接近河南的開封。他對導遊説想去開封，導遊告訴他開封從來不讓外國人進入。戴紹曾博士用標準的普通話跟他説：「你知道嗎，我是在河南出生的，那兒有不少我先人的遺迹，我相信我先人的墓穴還在那兒，我很想回到家鄉緬懷一番。」導遊和當地的領隊大為驚訝及感動，連番說：「沒有問題，你是老華僑，老華僑要回鄉當然沒有問題。」戴紹曾博士很喜歡「老華僑」這個稱號，他到處告訴人自己是一名「老華僑」！

一次在中國，我們乘車在西昌轉車往昭覺。昭覺是位於涼州的一個小鎮，鎮上有幾千人，但位處偏僻，要到那裏必先要翻山越嶺。當天煙雨迷濛，車子在山路上迂迴前進時，我不免膽戰心驚，但戴紹曾博士卻氣定神閒。他已不只一次在這條路上行走，今趟把我也叫去，是因為當地市政府正考慮讓他開辦一所專門給彝族青少年的培訓中心。所謂的青少年培訓中心，只不過一個破舊的校址，內裏一無所有。但見他與當地的彝族人老師和青年人交談時，非常親切、投入，面露喜悅之情，令我這個旁人十分感動。只要是中國的土地，每論是什麼地方，他都懷着一副深厚的情。他跟昭覺人已建立了友情，贊助豬種給農民繁殖，又送種子給農民種植。他知道彝族青少年教育水平偏低，也很冀望出鎮接受教育。所以他便到鎮上開辦青少年培訓中心，後來又變為職業培訓中心，及後慢慢因應需要而演變成一所職業學校和中學。

我注目在他身上，花白的頭髮，歡樂的童顏，孜孜不倦。後來，市政府頒授他「榮譽市民」的名銜，他為此十分雀躍。

《雖至於死——台約爾傳》一書中，有這麼一段記載，台約爾在病榻已久，醫生問他，「你將來要葬在哪兒？」台約爾回答說：“Let us be buried here in China and so let us take possession of the land by our buried places.”（讓我們埋身中國，藉此承受這片土地）。這就是他的遺願，結果他真的長埋澳門。

戴紹曾博士曾在一個大會中公開說：「我不只生於河南，我一生大部分歲月都在中國土地上度過，最終在香港落腳。我生於中國，也樂意死在中國。」今天，他的心願成全了。

無論從哪個角度看他的外表，他也不折不扣的是個西方人，但他的一顆中國心，他所流露的生命本質，卻比許多中國人還要「中國」。第四章「根」中提及的艾得理、徐松齡牧師，以及戴紹曾博士，他們都將生命奉獻給中國；John　Stott亦有一份熱愛中國的心。這些白臉孔的師傅都燃點了我的中國心。

黃皮膚的西方人

我在雲南出生，其後隨父母回到家鄉寧波，因內戰又遷徙到香港。我中學時在英皇書院就讀，接受百分之百英國式的教育，上至校長、訓導主任，甚至我的班主任，都是遠道從英國而來，獲聘來港執教各科專業。他們說英語，以自己國家的文化生活，學校每星期的早會，都會唱英國國歌。到我負笈加拿大，又是一個以英國文化為主的國家。醫學院全班有七十多人，華人只有七個。後來我研讀心理學和神學，則到了美國的芝加哥，那裏是一個完全由西方文化主導的大城市，老師全都是美國人，他們傳遞給學生的是西方的思考模式和知識。所以綜合來說，我所受的教育，主要是受西方文化熏陶。

在西方教育中成長，我曾經對身分感到混淆和模糊，現在回想，卻十分珍惜西方文化中不少精彩的理念。1997年，中國取回香港的管治權，實行一國兩制。在回歸祖國的氣氛中，香港人開始檢視一百五十年的殖民統治，發現原來香港有許多值得珍惜的文化財產，例如講求透明度和問責感的政府管治；六、七十年代貪污嚴重，政府便成立廉政公署，推行珍貴的、問責的、可以申訴的廉政文化。香港雖然沒有民主，卻有相當高度的資訊開放，言論自由，不同政黨有提出不同意見的空間，這是香港人賴以自豪的本土文化。故此，我會為鴉片戰爭的歷史遺憾，亦同時會為英國在香港留下來的管治文化和西方式的文明感到欣慰。

我有來自西方的信仰。西方文化對於神的敬重、對大自然的愛惜都十分明顯，我也有相同的取向。藍天白雲，一樹一湖，一河一澗，加拿大人都珍而重之地保護和尊重。人的生活不只是滿足生存的要求，每個生命都有他獨特的素質和意義，我身處其中，不免受到熏陶。從這個層面看，我不得不承認，自己是一個黃皮膚的西方人。

我當然沒有忘記父母賦予我的傳統，我流着的是中國人的血液。我的父母輩重視認祖歸宗，父親曾動用大筆金錢回內地為祖父修墳；無論生活如何艱苦，母親依然將物資大包小包的寄回家鄉。在中學，我遇過一些十分愛好中國文化傳統的老師：教授中國語文和歷史的郭全本老師，教授普通話的許明博士，他們都是我懷念和尊敬的老師。由於工作關係，在上海，在四川，在北京，我又認識了不少來自中國不同地方的學者，包括在香港大專任教的梁宜生老師，和上海一位大學教授兼出版社社長朱杰人老師。他們處處流露着、散發着中國文人氣質，令我油然生出敬佩之情。愈接近他們，愈覺得自己欠缺了對祖國文化的認識。我造訪內地回來，就翻閱中文大學歷史學宗師錢穆先生的著作，又閱讀在中國成長、於美國大學教授歷史的王仁宇的作品《萬曆十五年》、中國資深戲劇學及文學教授余秋雨的《文化苦旅》、《千年一嘆》、《余秋雨問學》等，巴不得囫圇吞棗，惡補中國的歷史和文化，上海的朱杰人老師更送我有關朱熹研究的書籍。這些書都開了我的眼界，使我這個黃皮膚的「西方人」不致和本源的根斷絕，我可以抬起頭説，我是不折不扣的中國人。香港回歸後，我馬上申請「中華人民共和國香港特區護照」，在國籍一欄，我很驕傲地寫上「中國人」。

他貫通猶太、希臘、羅馬文化

猶太民族和中國民族一樣，很重視傳統智慧和文化承傳。在地球上，要說家譜保存得最完整的，就是中國人和猶太人。注重家譜，表示一個人慎終追遠，對先祖先賢不敢或忘。猶太文化跟中國文化相近，我對他們有一分特別的感情和尊重。

其中一個猶太人，對近代歷史有至深且鉅的影響，他就是保羅。保羅是血統純正的猶太人，但家族歷史擁有羅馬公民身分，一出生便獲得羅馬公民籍，享有公民權利。他成長的教育，一方面受嚴謹的猶太人、希伯來文化訓練，十分熟習猶太經典，包括摩西五經、先知智慧書等。由於學問出色，保羅還加入了當時雲集猶太菁英的公會法利賽黨，他們細緻專注地研究猶太文化。他更師承迦瑪列，兼學希臘文化，可說根柢深厚。他受雙重文化熏陶，兼備兩者的特徵素養。羅馬人當時統治天下，但本國的文化根基不深，也就讓各附庸國沿用和發展本族的文化，而羅馬帝國的強項是制定法律，奉行法治精神。保羅後來被人控訴時，他一再強調自己的羅馬公民身分，要按羅馬的法律來審訊他，受到公平的審判；後來他被判有罪，他便按公民權利，向羅馬最高權力核心——凱撒大帝——進行上訴。他留下許多書信給世人，字裏行間，處處表現出他尊重君王，尊重法制，而且他更尊重法律賦予人的所有權利，而另一方面，他又是絕對的神權擁戴者，對猶太信仰十分敬虔。

一趟，他去到以弗所，那是當時羅馬一個最喧囂的城市之一（在古代被譽為「世界七大奇景」之一的亞提密斯神殿，也是位於以弗所），建有戴安娜女神廟等，是旅遊羅馬必到之地。保羅進到以弗所的猶太人會堂（會堂是猶太人的文化中心，他們在會堂學習希伯來文，研讀希伯來經典和學習文化傳統），以猶太人的身分，與旅居以弗所的猶太人作文化交流，宣講他認識的真理。他也去當地一個非常有名的推喇奴哲學院，花上兩年時間，天天在學院講學，與當時的哲學家公開辯論，更在最大的學院舉行公開聚會，連以弗所市書記也被保羅的學問所折服，甚至有些迷信邪術的人，竟然也聽從保羅，將他們所有信奉的迷信書籍堆起來燒掉，因此引起了極大的騷動。當時，在戴安娜女神廟有從事賣銀器者，因為保羅破除迷信，影響了他們的生意，於是羣情洶湧，要傷害保羅。這個時候，以弗所市書記竟然挺身而出，維護保羅，說：「我看不見他有詆毀戴安娜女神廟的地方，他在這個城市沒有做過任何牴觸法律的事，若有，你們可按羅馬的法例向我申訴。」說罷，就驅散喧囂煽動的羣眾。

小小的一件事，看見保羅貫串了猶太、羅馬和希臘文化，成為一位文化使者，將他所信的道向不同的種族分享。活在現代，身處地球村，我們可以自由穿梭不同國家，學習自己喜歡的文化，就像我一樣，既學習西方文化，又有中國人的血統，在雙重文化中成長。我們也可以像保羅一樣，成為一個文化使者，貫通東西文化，協助紓解歷史遺留下來的東西文化衝突。

我樂於將中國人的根扎得更深，亦由於我對西方文化的了解，我也願意成為東西文化的橋樑，在中國走入國際場景的當下，扮演協調者的角色。

在戴紹曾博士陪同下，我有機會在四川涼州的昭覺市參與培訓彝族老師和青少年。

跨越城鄉與國界

我有數年時間，在上海與當地幾間大學進行心理素質研究和培訓。李希希當時正在那兒讀大學，在班上表現出色，有很強的求知慾，從一開始我便注意到她淳樸的氣質和思維。她來自甘肅的蘭州，父母是當地的文化人，父親寫作的詩歌扣人心弦。李希希回到蘭州，立刻又能夠融入自己本土文化，與當地青年人打成一片，而蘭州的青年小夥子，都羡慕李希希能走出鄉鎮去，到大都會上海學習和生活。這是普遍內地鄉鎮年輕人的夢想。

我跟年輕人交往，必定問他們一個問題：「你心中的夢想是什麼？」李希希很坦誠和我分享，她想去西方世界接受心理諮詢培訓。為此，我寫了一些推薦信幫她申請國外學府的學位。最後，她沒有去國外，而是來了香港，師隨梁湘明博士進修博士學位，論文題目與「生涯規劃」有關。

來到香港，她的視野開闊了，接觸很多香港甚至國際同一範疇的學者，學問研究功夫去到一個新境界。從家鄉的黃土地，從甘肅的蘭州，繼而到上海、香港，穿越城鎮，跨越國界，一步一步面向世界，取得地球村的國民身分。我相信，正如她自己所盼望的，有一天，她會學有所成，回到她根源的土地，培育中國的青少年，正如她自己當年被培育一樣。

我有機會與李希希（左一）回到她的家鄉甘肅蘭州，一同培育當地來自農村的大學生。

09. 傳

傳

Impression without expression leads to be depression.
——Hans Burki
承而不傳，內裏抑鬱。

他們如此觸動我

「承而不傳，內裏抑鬱」是我的生命師傅Dr. Hans Burki留給我的重要生命格言。「承」是指生命其實不斷進行承接、累積，在反省過程中，這些承接而累積下來的涵蘊，便成了更新生命的元素。假若承而不傳，只有輸入而沒有付出，是不健康的狀態，久而久之，這種生命自會露出病癥。

Dr. Hans Burki指導我們的時候，很注重聆聽。他教導我們全身慢慢鬆弛下來，透過一些肢體練習，把注意力集中在呼吸的節奏上，一呼一吸，從而去除腦海中的雜念，整個人包括身、心、腦的活動都放慢下來，這個時候，他會朗讀一段篇章，或一些經典的語句，讓我們反覆咀嚼、思索領悟。他不會讓我們的思緒在此停留，而是要我們將篇章語句的領受，在腦內和心中內化。內化的過程並不容易，必須全然安靜，經過多次操練才能達到。

不過，生命操練的主要目的不只是內化，還需要外達。人的生命有如一個過濾器，可以將淨化了的物質，或提煉過後的精華釋放出來。Hans Burki要求學員將過濾後的精華扼要地記錄下來，寫成心靈札記，不知不覺間，我們已經完成生命反省的一個重要步驟：輸入——淨化——輸出。

接着，學員分成兩人一組，面對面，用心的讀出自己的札記，對方則要用心聆聽，然後給予一句「共鳴」（resonance），這是另一個重要階段。整個訓練，經歷安靜、內省、盛載、重整信息、傳遞、共鳴，才算完成。其中傳遞是一項很重要的操練，做得不好的話，我們內裏愈儲愈多內容，抑壓着沒有釋出，就會苦害了自己。

另一個啟發我反省「傳」的恩師，是滕近輝牧師。我認識滕牧師超過三十年，他是一位謙謙君子，說話不徐不疾，總是用字正腔圓的普通話，溫柔地將自己生命的內蘊傳遞出來，是口傳信息的表表者。我第一次聽他教導時，已經留下深刻印象，他叫我們各人安靜，找一面鏡子好好端詳，誠實觀察，鏡中人有什麼需要更新，有什麼需要被愛包容，有什麼需要赦免。寥寥數語，不帶激情卻充滿力量，貫注了生命的真理，令人心中不無感動。一些有生命內涵的分享，不用技巧，不用修飾，便能觸動人心。

我後來近察遠觀，在公開場所，在私人聚會，滕牧師都是表裏如一。一次我打電話到他的教會，想不到接聽電話的竟就是他，語調仍是一貫的溫柔，不會因為要做接線生而不耐煩。每次約會他，他都不會推辭，若真的忙碌，他也會跟我在他家樓下的咖啡室喝一杯咖啡。他對晚輩的關懷和溫柔，很明顯是發自內心的真情。

除了言行舉止的楷模，滕牧師還有一枝健筆，他著作等身，其中一本對我至為影響的是《路標》。書中行文簡潔，用字精煉，談到每個人一生中都要有一些路標（signposts），假若找到了便應委身投入，如果不肯勇敢付出，即使你看見路標，它也不會叫你邁步前行。滕牧師生命內蘊豐富，累積多年經驗，一旦釋放出來，便發出奪目的光芒。我當年還是青年小夥子，正在人生旅途上摸索前行，他的傳遞，不論是身教言行，或著書論說，都照亮了我的生命，成為我的祝福。

口傳——表裏如一

二十五歲，我在加拿大完成醫學，闊別香港多年，回來後立刻去拜會滕近輝牧師。看見我學成歸來，滕牧師顯得很高興，邀請我到教會講道。我很驚惶，覺得自己沒有資格站上講台，但恩師盛情難卻，只好用心預備講章，細讀經文，晝夜思想，也翻閱許多釋經書。我要講的題目是「對生命的盼望」，我反覆問自己，講章裏提及的是否自己的真實經歷？我是否已肯定得到我所宣稱的盼望？而盼望的源頭又是什麼？那段時間，我腦海裏充塞着所有與講題有關的東西，寢食難安。到最後，我寫就了講章，自覺信息簡單直接，該能引起聽眾的共鳴。我戰戰兢兢踏上講台宣講，聚會完畢，滕牧師走過來跟我說，「你講得甚好，我想請你下主日再來講道。」滕牧師第一次叫我講道的是早堂，會眾較少，而第二次則是午堂，是會眾最多的一堂崇拜，我很得鼓勵，但心中仍舊是戰慄不已。

這份戰慄的感覺，從二十五歲首次站台直到如今，未嘗離開我。一晃眼四十年，每一次被邀請講話，不論場合大小，不論對象是誰，我總是忐忐忑忑，對自己沒有多大信心；每趟都會不斷推敲如何才能準確將信息傳遞，花上許多時間來預備講章。近年許多人請我講「抗逆力」，其實這題目我已經講了不知多少遍，可是每接到一個新邀請，我還是禁不住重新推敲那早已熟習的課題——什麼是「抗逆力」？我經常自我警惕，若我所說的跟我所做的不一樣，那我就是表裏不一致，只是在欺騙聽眾。我相信這是受滕近輝牧師的影響。我非常尊重聽眾，特別是我的聽眾以年輕人居多。滕近輝牧師每次發言都很精簡，沒有多餘的話，他所說的都是他相信的、經歷過的，深思熟慮的，每次聽他講話，我都有這種強烈的感受。

以說話傳遞信息，聽眾能接收多少，都不是講者能夠完全掌握的，但至少我知道自己對輸出的信息有足夠的消化、整理，在心中經過思辨的過程，首先得益、得幫助的是自己。

正如 Hans Burki 所言，“Impression without expression leads to depression”，承而不傳，內裏抑鬱，在「不傳」的狀態中，人很難達致真正的成長。另一位我靈交已久的著名作家Eugene Peterson在其著作*The Word Made Flesh*中嘗言：「一個人用口來傳達的語言，會進到聽眾的耳朵。若聽眾的心開放，則會同時進到他們的心坎。這是一種生命力的傳遞，一種活的聲音（living voice）。文字的傳遞固然饒有意義，但相比於口傳，仍然有很大的差距。我們應該竭力聆聽別人用心用口所傳遞的信息，存在心裏；而不是單閱讀文字。」

我心裏不下一次疑惑，究竟在這個資訊發達的年代，口傳的溝通方法是否已經落伍？現代人年輕人喜歡Facebook，喜歡上網，喜歡影像，面對面的口傳好像已經不能討好年輕人了，但我記得我另一位恩師John Stott曾寫過一本書 *I Believe in Preaching*，他數十年的牧職生涯，十分着重口傳講授。他的發言，不論長短，每次聽講時都讓我無法壓抑心底的雀躍和共鳴。而我自己在多年的青年工作中，無論在營會中、課堂內，甚至在大型的演講廳，當我真心講述，說之以理，動之以情，再附以真實的故事，年輕人其實都會專注聆聽，從他們的眼神我可以看出，他們真的很投入。

這些經歷叫我不再懷疑口傳的價值。在家中，我們不要忘記跟配偶說話溝通，不要忘記和子女對談分享。如果你聽到啟發性的信息，便應該找機會傳遞開去。一個人接受了那麼多的資訊，必定有許多內容等待消化、整理然後釋放出來。承而有傳，我們的生命要成長，在彼此激勵中共同成長。

行動——「愛」是個動詞

「傳」不只是以口發聲，説一番漂亮的話。《聖經》説得很好：「我若能説萬人的方言，並天使的話語，卻沒有愛，我就成了鳴的鑼，響的鈸一般……」。真正的傳遞不是你説了些什麼，而是你的話是否出於真正的關懷。我翻閱儒家典籍，孔子、孟子以至後來的朱子，發現所有儒學家的終極關懷都包含在一個字——「仁」。正所謂「仁者，愛人」，指的不是個人的私愛，而是人與人之間普遍的尊重，彼此關懷。這亦是中國傳統思想的要點。一位在北美以至亞洲都備受尊重的作家和教授Marva Dawn在她的書也提及：「終極的關懷是什麼？乃是盡心、盡性、盡意、盡力，愛主你的神，也要愛人如己。」你可以是一個很有智慧的人，用智慧之言幫人解決疑難，渡過一個又一個的困境。但生命影響生命，最終的考驗，你話語的試金石，就是話語裏面是否包含了愛。我愈來愈相信，愛不是形容詞，也不是名詞，乃是一個動詞。一生中，我們接收不少真理的教訓，明白不少做人的道理，也得着很多人的關懷愛護。有一天我們成熟長大，對歷來所學融會貫通，有足夠的智慧勸導別人，但最終這一切都要用愛來實現！

我是一名青年工作者，家中有兩位兒子，假如我不斷對年輕人説我愛你們，卻忽略了家中兒子，一點也不關心他們的生活，那我還配做青年工作嗎？愛他們並不是定期召他們前來訓示一番。有心理學家建議，與家人相處要定出quality time，有素質的時間。我去實踐時，發現愈是在這段時間，你所講的話他們愈是聽不入耳。相反，我認為要給青年人充足的時間（quantity time）跟他們相處，要表達對他們的關心。我與兒子溝通最美好的時光是在球場，大家一同喝采一同緊張，沒有言語，愛意卻滿溢其中。又或者在沙灘，大家一齊游泳，赤裸裸地躺在沙上，望着頭上的藍天，打破了年齡界限，心無隔閡，突然覺得父子之間很平等，沒有什麼是不能説的！充分的時間，充分的空間，無言無語，愛已靜悄悄地傳遞出去。

夫婦相處道理一樣，丈夫將大部分精力用在外面，回到家裏已疲憊不堪。太太所講的話根本聽不到，很多時候，要太太呼喚自己多次才醒覺，明顯是人在心不在，心中不免內疚。我在外面經常強調聆聽的重要，但要是我回家後，不能跟太太坐下吃一頓飯，一起外出漫步，在家附近走一圈，手牽手，彼此聆聽，那我是奢談聆聽之道了。

愛，需要行動，也需要空間；愛需要輸出，也需要傳遞。我們不能想經歷愛，卻吝嗇將愛傳遞。「愛裏沒有懼怕」這句話是真的，我曾經說過，我對親密關係的恐懼，我對光的迴避，對我所不知道的領域的逃避，這是因為缺乏安全感；愛卻可以幫我們克服種種的難處，跨過重重的難關。

過去兩年，我很珍惜與太太和兩名兒子定期前往四川地震災區的機會。我們一同去探訪，慰問，做心理康復服務。那一次，我體會到，其實不是我可以做什麼。

我和小兒子站在那位約三十歲，昂昂男子漢前面，相對無言。2008年5月12日，他的雙親、太太，和年僅六歲的兒子，全被泥土活埋。我們遇上他的時候，只能默默握着他的手，聽他傾訴，聆聽他訴說他的恐懼、失眠、憂傷。時間過得很快，一個小時後，我們預備告辭。四川大漢站起來，跟我說：「可否讓我做一件事？」我問他是什麼事。他說，「我可否喚你一聲『老爹』？我什麼親人也沒有了。」我十分意外，凝視着他，只有驚愕，我馬上就要離開四川了，哪敢回應！想不到這個時候，我的小兒子在我身旁推我一把，悄聲說：「爹地，擁抱他！」我很懼怕，我知道自己對任何親密關係都非常懼怕；懼怕擁有後會失去，懼怕被拒絕。我懷着恐懼上前抱着他，他立刻緊緊的摟着我。我兒子告訴他，我真的是他的父親。四川大漢退後一步，跟我兒子說：「那麼說，你是我的哥哥了。」然後他跟我交換電話號碼，說：「遠在香港，原來有兩個人這樣愛我，我答應你們，我不會自尋死路，我會回到家鄉，重建家園。你要答允我，一定再來探望我。」這事發生在地震後兩個星期，亦即是2008年5月27日。亦是在這一刻，我們一同經驗到愛的真實，經驗到愛的能力，跨越文化，跨越無助，跨越恐懼，將生命結連。

來到四川，我們不是憑言語，不單是單在課堂內教授課程，灌輸一些專業知識；而是要很誠實地問自己，是不是默默地，真心誠意地，將愛帶到這個需要治療、關懷的地方。

遠在大學年代，我已經有機會在台上作滕近輝牧師的翻譯，開始操練如何「口傳」生命之道。

意想不到，今天在香港、國內、及海外，都有不少實踐「口傳」的機會。

先行然後求知

過去十多年，突破機構每年都舉辦「國際華人青年領袖訓練營」，來自各地的青年，朝夕共處，有七日之久。透過營會，我們結識了許多青年人，其中不少，還建立彼此同行、亦師亦友的關係。

她已離校，投身社會工作，卻與家人的關係出現裂痕。她的臉，經常籠罩着防備、畏縮的陰霾。她明顯比其他年齡相若的營友成熟，畢竟她已在社會上打滾，經歷過一些風浪。在營會上，她往往會問一些很重要的人生問題。一開始，她已經表現主動、投入，也毫不介意自己的學歷、背景與其他青年有距離，而且結交了一些知心朋友。營會結束以後，她主動留下，繼而在「突破」做見習。她表現認真，樂於助人。

我最喜歡問年輕人心中的夢想，她的答案十分簡單，說，我不知道自己有什麼夢想，我只是希望能夠幫助家庭成長有困難的人。我鼓勵她接受這方面的裝備。她很猶豫，「真的有幫助嗎？我見很多人接受訓練以後，也未必能成為出色的社會工作者。」加上她對英文有恐懼，擺脫不了挫敗的陰影。故此，她寧願在工作中學習，認為會比在學院裏接受裝備好。我不再勉強她。想不到，後來有有心人士給她獎學金進修相關的課程。於是她先去補修一些語文基礎課程，克服了心理障礙以後，她的表現比想像中良好，連她自己也感到驚訝，因而順利考取了「社會工作」副學士課程。

最近跟她見面，她表現得滿有自信，對學習感到十分雀躍。「想不到，從前只知道做而不知所以然，現在卻重尋背後的理論基礎。」這些理論基礎填補了空隙，令她過往所作的更加扎實。她最想走到基層，幫助愛滋病患者，或行為偏差的人。目前她已開始在這類服務機構做見習，跟從前不一樣，她覺得自己的專業知識不足夠，冀望將來能到海外進修，充實自己。

她是Co Co，她走的路跟同輩不一樣，因而更感動我。她以生命來實踐心中所想，很樂意與別人分享生活經驗，將自己領受的傳遞出去。她不會只講不做，反而做而知不足，明白要更有效服務青少年，便得打好根基，學習磨礪自己的專業。

「知而後行」抑或「行而後知」？我個人相信，知行應該合一，也不可和「傳」分割。但在這一切以先，必須要有「承」，才可使往後的「傳」更有深度。

喜見Co Co（前排左一）既願意「行」，同時樂於求「知」。

10.

09 傳

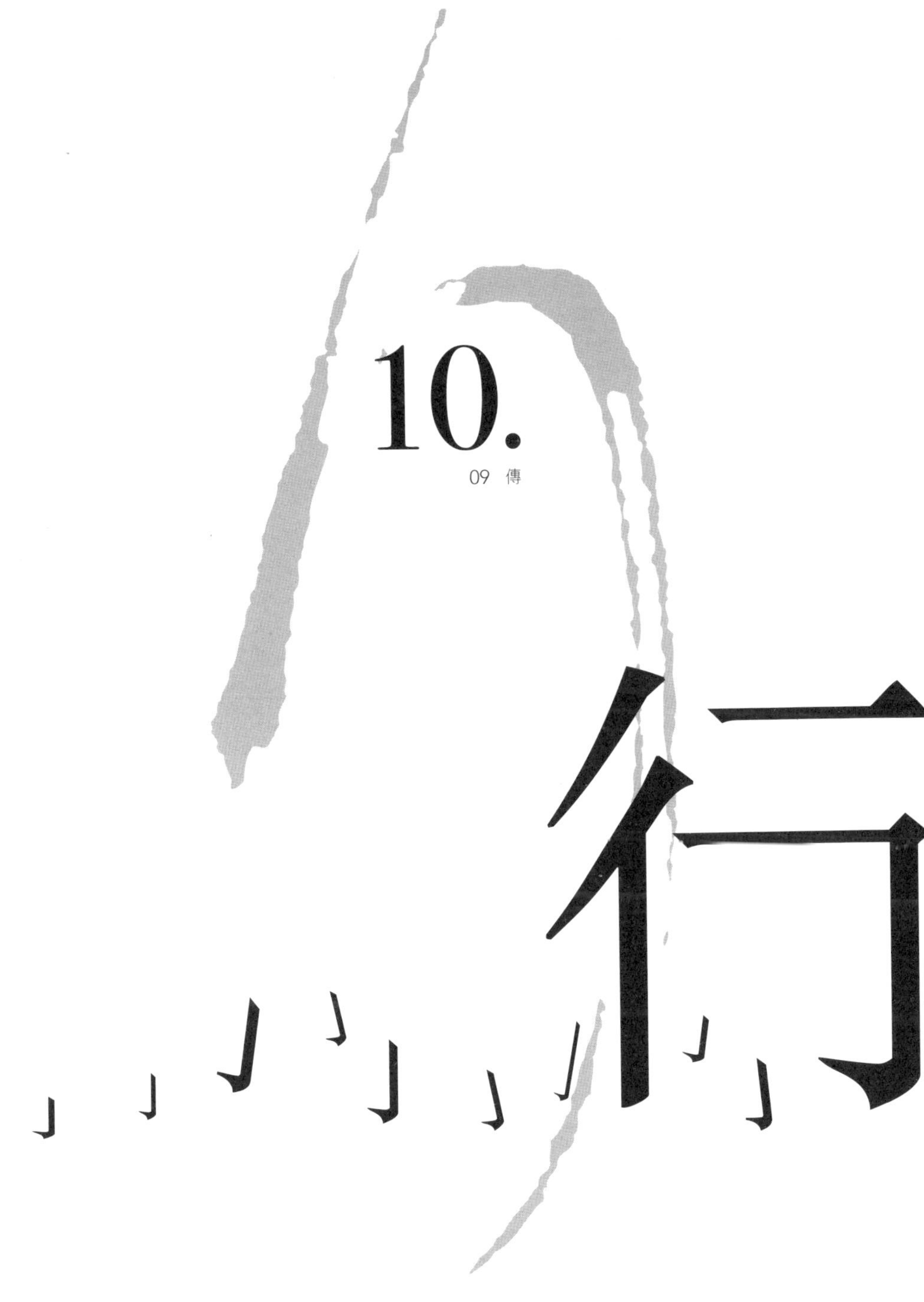

行

"To be fully alive is to contemplate; to be fully alive is to act." ——*Parker Palmer*

活得精彩，靜中反思；活得精彩，付諸行動。

進入現場，實地學習

一個未經過反省的生命不值得活；但只思而不行的人，是活在自己的象牙塔裏。思而又行，非常重要。

我所有的恩師，都是思而又行，知行合一的。我在醫學院七年，除了上課，也要去醫院實習。既要在書本中硬啃枯燥的藥名、病理，也要進實驗室，透過顯微鏡觀察每一個微小的細胞如何運作。但更重要的，是跟隨醫學教授去病牀前望聞問切，在現場學習治病，而不只是在紙上談兵。

回港以後，我在一位資深教授Dr. Bob Chapman 門下繼續接受指導。Dr. Chapman很溫柔，很有愛心，是一位非常專業的內科醫生。我當時初出茅廬，不免犯錯，他嚴正地指出我的錯誤，但卻從不苛責。進入醫院，面對有血有肉有情感的病人，在師傅督導下，我的醫療知識能真正實踐出來，不再停留在腦袋中。

我轉向研習輔導學時，有三個月時間，有幸坐在導師Dr. Jim Kilgore身邊，近距離觀察他如何為每一個家庭個案做輔導。因為我不熟悉美國家庭文化，這種臨牀學習彌足珍貴。到我做輔導時，要把個案錄音，交給他作評估。他給我的教導更顯得有血有肉，而不只是傳授書本上的知識，這個過程給我深刻的印象。縱然輔導學筆試難度也很高，但到了真的面對文化不同的受導者，才知道自己的理論能否在真實世界中成為他人的祝福。

到後來「突破」成立以後，我經歷了更嚴謹的操練。創辦「突破」的蘇恩佩女士不是只懂爬格子的文化人。她親自走入現場，參加營會，到校與學生對話，上電台主持節目，甚至到九龍寨城與吸毒者接觸。一趟，我們收到一位在監獄的讀者來信，我便陪同她去探訪那位囚友。還有我的同工謝文策，他帶我走進天水圍的社區，親身體會、訪問該區年輕人和他們的家庭。在輔導現場，我早年的同學及多年的戰友李兆康，他不只在輔導室工作，也走入受輔者的生活，探訪他們的家庭，進到他們的處境中做輔導。他們這種身體力行的教導，真的讓人畢生難忘。

學習不能規限在書本、在課室。理想的學習需要走入人羣當中，實地體會，在現況中找出方法，才能學會、領受到有血有肉的知識，提升生命的內涵。萬世師表孔子授徒，素有「化三千，七十士」之稱。他花了很長時間帶着幾位入室弟子周遊列國，有些國家歡迎他，有些國家冷待他，有些國家更拒絕他，真正願意實行他推崇的仁義之道的國家少之又少。學生看着老師吃閉門羹，潦倒失意，他們存記在心，後來寫下《論語》，把老師與他們共處時的對話寫成札記。老師的生活點滴、言行舉止、心路歷程，都一一記錄下來，成為中國一部傳世的經典。

耶穌三十歲開始傳道，成為猶太人最年輕也最重要的夫子，他帶着十二位門徒，走遍以色列，足跡遍及各城各鄉，有時在井旁與打水的婦人論道，有時在橡樹下呼喚稅吏下來跟他對話，有時在山上對羣眾演講，有時更進到追隨者家中，參加喜宴或喪禮。他與人一同喜樂，一同哀哭，即使走在街上，他也隨時碰着來求助的人、來挑戰他的羣眾，甚或是一些有權有勢的人的質詢，面對這些情況，他都毫不迴避，隨機應變。在三年多的教導生涯中，他更多時候是走入羣眾，讓門徒直接領受什麼是真正的道，什麼是真正的生命。

思而後行，進到現場，實踐所學！從中再反省，再領受，再反省。這是我自己非常珍惜的經歷。

與家人同進現場

Dr. Hans Burki嘗言，我們未必能找到心靈導師朝夕與共，隨時給你指導，卻可以主動尋找與自己志趣相近的心靈同行者（spiritual company）。人未必經常有師，卻可以時刻有友。「行」一字可以有雙重意思，既可解作「行動」，亦可以解作「同行」。同行相伴，共同經驗生命中珍貴的功課。我很感恩，不只我自己和Dr. Hans Burki、Dr. John White等建立了亦師亦友的情誼，我太太跟Mrs. Ago Burki以及Mrs. Lorri White也友情甚篤。幾個家庭經常見面聚會，樂也融融，留下許多美好的片段和回憶。我跟太太同行四十年，大家對事情的看法未必一樣，性格也未必相近，但總是同心同行。

多年來，我的家人（包括母親、弟妹、太太、兒媳及孫兒）十分支持我的青少年工作，在無數次大大小小的營會上，大家都會見到我一家的蹤影。我希望他們得到我在營會的第一手資料，而不是回家聽我的二手轉述；我希望他們有自己的體會和觀察，親身見到青年人的笑容，青年人的眼淚，觸摸到他們的生命。所以，我們許多時都是總動員參加聚會。另有八年之久，我們開放自己的家庭，接待一些青少年，和我們一同生活，我做他們暫居宿舍的家長。我太太在家的時間最長，必須照料他們的起居飲食，而我則負責輔導和教導，夫婦二人共同體會年輕人成長的需要和缺欠，學習了解他們的心路歷程。教養他們的苦與樂，是我和太太珍貴的回憶。到今天，這些年輕人有不少還偶爾來造訪。

最難忘的，要算是跟太太一同去甘肅的蘭州。我的好朋友蘇紀英在那兒設立了獎學金，讓蘭州附近鄉鎮成績優異的學生升讀大學，我們去探訪得到獎學金的學生，在大學裏和他們分享交流，孩子們都親暱地喚我們叔叔姨姨。我們又去做家訪，他們的家遠在山上，是一些很原始的泥房子，一家人都睡在土坑上。去到他們的家，才真正明白「家徒四壁」的意思。除了土坑，四壁蕭條，但他們生活得很愉快。一家人感情深厚，父母為了子女的學業可說是傾盡全力。作父親的，健康已因長年勞動而虧損，但為了子女，農耕之餘還去燒磚運瓦，掙多一分錢給子女讀書，而子女又勤奮向學，好報答父母養育之恩。我跟太太作為別人的父母，一下子便被這種質樸自然的親情所打動，心中留下這些畫面，亦是我們人生同行的痕迹。

我們亦一起到四川做地震後社區心理復康，兩名兒子有時也會同行。一家人去到臨時搭建的板房家訪，災民都熱情招待，將他們最珍貴的食品拿給我們品嚐。「這是我們鎮最馳名的紅白茶，你一定要拿一點回去。」「這是我們自家醃製的臘肉，你一定得嚐嚐。」災難中，更覺人的尊貴；當你帶着愛到他們當中，便享受到愛的回饋，感受到愛迸發出來的力量。有時我們的家訪要在深夜進行，翻山越嶺，穿越崎嶇小路才去到，有一個家庭是三代同堂的，雖然他們一貧如洗，三代之間卻非常親密，活得起勁，使我們也受到愛的感染。這些愛的表現，與我們在心理學的教導，和持守的信念十分一致，很真確的表明，我們所教的、所傳的道理不是虛無的，都是活生生的道理。近年，我兩名兒子都投入了青年工作。我們一同前往北京，在當地民工中服務，體驗他們的掙扎；親身接觸他們，諦聽他們的故事，觸摸到一個又一個尊貴的生命。

口傳和行動相輔相成，雙管齊下，亦讓我們一家共同經歷了美好的時光。我在年輕時有幸與各位恩師同行，今天我與太太同心同行，而且，兒子也在同行的行列。我可以很驕傲地說，兒子與我是亦師亦父亦友。亦父，為父的身分很尊貴，我也以我的兒子為榮：亦師，我愈來愈發覺，兒子比我懂的還多，在資訊科技和心理輔導的專業上，他們已超越了我，我要反過來向他們學習；亦友，他們看到我最真實的一面，我的疲累、我的失敗、我的低落，相對地，我也看到他們最真實的一面，在當中彼此支持和體諒。

在成長中，我們冀望獲得父親的肯定，在人生的轉變中，盼望得到良師的指引，而每天的生活中，有家人、同事、朋友同行，卻是人生不可或缺的一環，我們要彼此珍惜，互相關愛。

並肩進入職場——災區

我很幸福，除了家人，我還有很多好朋友。沈祖堯便是我其中一位相交多年的好友。我認識他的時候，他仍在加拿大讀書，我們在營會中認識，讀同一間大學，又同屬一個教會，後來在香港再碰頭，成為心靈上的深交。SARS期間，他剛好是沙田威爾斯醫院8號病房的主管。他告訴我，曾經為他的學生、他的同事坐下哭泣祈禱說：「千萬不要讓我的學生、我的同事因為我的無知，而被這個我們不認識的病菌奪去生命。」那年的瘟疫，令他重新思考職業生涯：做醫生，不是單單看你發表了多少篇論文，你負責多少個研究項目，獲頒了多少的榮譽；而是親自進到病房，關心和醫治病人。有病人曾對他說：「那天，你用手觸摸我，使我感到很溫暖。那一刻，我恢復了鬥志和信心。」這些片段，使他的醫療工作不再一樣。

當年，烏溪沙成立了隔離中心，裏面分成紅、黃、藍區，住了受感染的醫護人員和他們的家屬。我和沈祖堯醫生辦了多重手續，一同去到隔離中心服務病人。我們有機會並肩作戰，雖然在不同崗位，但心領神會，大家都感受得到同行的喜悅，也一同感受每個生命的脈動。

2008年512地震以後，我經常遠赴四川。一次我接到沈祖堯醫生的來電，詢問可否跟我去四川觀察一下，我欣然答應。我們去了四川的都江郾和擂鼓鎮探望災民。災民只住在板房，卻非常堅毅，一點也不放棄，沈祖堯醫生大大感動。他當時兼任香港中文大學逸夫書院院長，後來他一次又一次，帶家人、醫學院和逸夫書院的同學前往，特別在擂鼓鎮的「全人健康中心」幫忙做訓練。他告訴我，他體會到中國的另一面，接觸到從前沒有接觸過的民族，而且深深感受到，不論是什麼民族，生命同樣尊貴。他也告訴我，同學去到災區以後，生命變得不一樣了，回港以後，他們更珍惜家庭，更珍惜每個學習的機會；發覺自己所擁有的，包括親情、學習機會等等，原來都不是必然的。

我一位同班同學蔡偉文，現在於加拿大當精神科醫生，另一位師兄徐理強，今天在美國波士頓大學當教授。他們不下一次飛越遠洋，去到上海、四川，處身陌生的文化場景，在災區教學，做心理和精神治療。他們很謙虛，覺得不是自己來貢獻或服務，而是有機會了解不同地方的文化生活，體驗中國人的傳統，他們的家庭觀念和對生命的態度。

在真實的處境中，人不自覺地不斷反省。每天晚上，我們工作完畢，都會聚在一起，抽一段時間做解說（debriefing），檢討我們的文化觀察、人情觀察、專業觀察，發覺處處蘊涵着愛和真理。這是與我珍惜的人同赴災區留下的重要生命痕迹。

太太、兒子和我多次一同進入四川地震災區，作家庭探訪。

沈祖堯醫生（左一）與我到四川災後臨時安置區的板房進行家訪。

這世界有公平嗎？

一次，我有位朋友跟妻子外遊，請我們代為看管房子，也好趁機照顧他兩個少年兒子，於是我們一家欣然去他的家小住，我兩個兒子跟他們的兒子因此成了好朋友。他的大兒子Simon後來多次參加「國際華人青年領袖訓練營」。

約在十年前，我幫訓練營策劃了一個在柬埔寨舉行的文化之旅，出發前同事均表示擔心，認為行程有頗大風險，因為柬埔寨是一個以「戰士文化」(warrior culture) 主導的國家，昔日的殺戮戰場，今天仍埋有千萬個地雷；如今在共產政權統治下，民生困苦，數十萬人自傷殘殺，傷痕處處，新一代爭相逃離家園。而且人口年齡中位數是十五歲，因為不少人被地雷炸死，或是死於愛滋及其他傳染病的。柬埔寨是一個極度不安全的國家。

我們去到吳歌窟，那兒還殘留着中世紀輝煌歷史的餘艷，同時也令人感到無比的孤寂荒涼。我們登上一座很高的樓台，樓台破損，彷彿搖搖欲墜。我遠遠看着Simon，他無言遠眺，陷入沉思，渾然不覺自己站在一個危險的位置。

營會中，柬埔寨青年教我們柬埔寨舞蹈，他們的身體語言是這樣的溫柔，到了晚上，大伙兒促膝而談，他們娓娓道出內心的創傷；外表的溫柔掩蓋着的，是無從釋放的憤怒，戰事連連，家破人亡，經濟與政治的失敗等等。小部分人住在宮殿式的房宇，而絕大部分人居於破舊的樓房，在貧困中掙扎求存。Simon把這些一一記在心裏。

大學畢業後，他找到一份工作，令我和他父母都感到驚訝。他從事國際工業安全衛生督導，去發展中國家的工廠，勘察工人的工作環境是否合乎國際衛生標準，勞工安全是否合乎國際貿易標準，待遇是否合理，這些國家又是否仍存在壓迫欺詐的情況等。我不禁想起從前Simon經常發問而我不懂回答的問題：今時今日，為何在這些發展中國家還有那麼多不公平的制度？為什麼仍然容許跨國大企業利用廉價勞工謀取暴利？為何貧者愈貧，富者愈富？為何強國能肆意使用小國的天然資源？他不斷問：這個世界是否有公平？如何才能彰顯公義和憐憫？

像Simon這樣的青年，他們親身進入現場，體驗文化，對當地的制度進行反省，對人性有新發現，這些體驗更影響他的工作取向、人生定位目標和召命。他選擇了一條很不一樣的路，亦極有可能為他接觸的人，帶來不一樣的生命。

當年與Simon（後排左一）同行，在柬埔寨留下腳蹤，影響他日後尋找人生召命的方向。

結語

終身學習，亦師亦徒。

學

這本書，好像將自己這麼多年來的學習之路，做一個回顧和總結。

學習是一個持續的過程，孔子嘗言：「學而時習之，不亦樂乎！」人從呱呱落地那天開始，便開始學習。嬰兒還未學會說話，在母親懷中，在父親蔭庇之下，已經開始一生的學習之旅，學習基本的生存，學習建立關係。我們常以為穿校服上學的日子才是學習，其實，踏出校門那一天，才揭開人生學習的新一頁。

原來人一生就是一個終身學習的過程。不過，當你踏足社會繼續學習時，身分便不只是學徒，會有多重的身分，有時更是亦師亦徒。人生路上，我們總是邊走邊觀察，沿路吸收新事物；又沿路將自己歷來所學，所累積的與別人分享、傳遞，此之謂「邊學、邊行、邊傳」。

當我有感而發，希望藉着寫這本書，回顧走過的路，便不期然生起感謝恩師的心。在我生命裏出現一個又一個的恩師，他們性別不同，文化背景不同，膚色不同，但都成了我的生命師傅。他們找我做徒弟，我也找他們做師傅。這本書記述的，都是要表達我對他們的感謝之情。

另外，近年香港興起一片關心八十後的呼聲，因為工作關係，我接觸到許多八十後的青年和九十後的少年，他們的一言一行，他們對城市的反省，對生命的反省，在在使我感動。他們對世界的冀盼未必很成熟，卻完全發自真誠。我立心為他們寫一本書，將自己成長學習的過程，所走過的路，向他們坦誠公開，盼望透過這本書，繼續打開我們對話的門徑。

我用了大半生，走遍香港不同的社區，過去十年，更穿梭內地不同的省份。我真實地感覺到，我們確實處於亂世。經濟政治經歷大變，國際秩序、金融秩序失衡，一些理念支柱，無論是資本主義、社會主義，或是共產主義，正面臨全盤檢討的時刻。身處這樣混亂的局面，不要說年輕人，成年人也迷失了方向，決策者、金融界菁英、官商要員都在尋找方向。教育家在這個迷亂的時刻也不禁問：教育到底是什麼？教育的基礎、目標是什麼？為人父母者，為子女的學業前途疲於奔命。在這個既亂且迷的時刻，在年輕人在面臨人生的轉變期，更需要亦師亦友者同行，使他們活得更真更充實。

我不只是有感而發，也是對香港、對國家、對我們的處境，甚而是對世界面臨的光景有所感觸，才寫下這本書。我在這本書中，發出這樣的吶喊：為何在迷亂的境遇中，我們更需要亦師亦友者同行？這些導師在哪裏？

整本書的概念由十個字所貫串，這十個字又可被總合於一個「學」字——我在師傅身上學到的十堂課，不只是坐在課室裏的學習，更是尋覓中的發現，是過程中的領悟，是同行時的感染，是為徒者的得着。而十堂課，又可以配對成幾組。

第一組「知」和「遇」配對成「知遇之恩」。人開始成長之初，自以為知，其實有許多的不知；當與真正的知識——真理相遇時，頓然醒覺自己的無知，開始探尋世界、自身的真正面貌。特別在這世代，年輕人往往過分受到保護，很少有機會像屈原一樣發出「天問」的呼聲，很多時在求學、擇業、面對人生的大問題時，態度都變得很含糊。這是生命重要的轉變期，我們要尋求知識，發現真相，從無知中醒悟，這是生命成長的重要起點。

「尋」和「根」配對成「尋根之旅」。中國人說「三十而立」。一般人到這年紀已經學有所成，事業也有一點眉目，開始想到過去、現在和將來。這個時候，人亦多已清楚自己的志趣和性向，會自發地思索，主動自覺地尋師學道，希望師隨專業內的表表者，成為自己努力的楷模。這種尋覓，走到終點，才發覺原來最終尋找的是自己的身分——究竟我是誰？我在家庭佔什麼的位置？我屬於哪個民族？我的根在哪裏？我的心歸於何處？我永恆的根源又在哪裏？這是一個人成長之路，安身立命的支點，給予人自信和不變的信念。香港年輕人自感身分模糊，於是心裏有許多掙扎，倘若能遇上良師，願意聆聽並陪伴同行，在生命互動中得到啟發；最終他們會發覺，自己對香港的情原來是這樣的根深柢固，甚至願意為她獻上自己。同時他們會醒覺自己普世公民的身分，更知道有一位創造者，人亦是天父的兒女。「尋根之旅」還未終結的時候，我鼓勵青少年積極開放，在生命中不斷尋覓亦師亦友的同行者。不要高估自己的能力，以為一切事皆可「無師自通」，我們其實有許多盲點和不足；而旁觀者清，年長者人生閱歷豐富，他們一定可以指點迷津，用他們的智慧指引我們前路。

「靜」和「死」配對成「生死之間」。現代人往往忽略靜，也有意無意間避談死。但這兩個字，卻是我尋師學藝中最重要的發現。一個人在喧囂和頻繁的活動中容易迷失自己。不管是我閱讀過的著作，又或是我的心靈導師，都一致地傳遞同一個重要信息——contemplation。這個字很難翻譯，有人譯「靜觀」，有人譯「默觀」，我認為最整全的意思是「靜我神」——讓心靜下來，讓心眼清澈，能洞察天地，更能洞察咫尺；在五體之間，看見自己的強弱、光暗。香港社會節奏急速，熱鬧喧嚷，人每每營營役役，沒有喘息的機會，那就更要爭取安靜的空間。中國哲者莊子，猶太先知以賽亞，都不約而同地強調「歸回安息」，人要在安靜中接近生命的本源，才能重新得力，重新認識自己。這是人在成長過程中，與天地融和的一個切合點。另一個字——「死」——亦十分重要，我們常聽到人說「未知生，焉知死？」但你有否想過其實是「未知死，焉知生？」。「死」表示願意放下，放下心中的恐懼，放下欲望、偏見、固執、自以為是、自以為知。先死而後生，先捨而後得。許多先賢都着重捨己和克己，然而，捨棄和放下都是要學習的。基督教信仰強調「天天背起十字架」，是不斷面對省察自己的幽暗，讓自己徹底地死去。我在「死」的過程中，發覺自己的恐懼，而當我願意放下時，生命便豁然開朗。當你恐懼時就更要安靜下來，敞開自己，回想生命中愛的片段，想着愛你的父母、家人、恩師，生命便在死亡間再次綻放。經歷「生死之間」，是進入學習之門必須踏出的一步。

接着是「道」、「承」、「傳」三個字，是關乎學習的內涵。後現代講求有feel，追求感覺良好，用感覺來描述生命狀態，但我們感覺良好的時間十分少，大部分時候都感到沉悶、抑鬱。學習卻講求內涵，老子所說的「道」——「道可道，非常道」，是生命之道、生命之源，亦是真善美之源，並不光是感受。後現代不相信有絕對真理，覺得任何事物都是相對的，這想法必須糾正過來。物有物理，心有心理，地有地理，天也有天理！學習正是尋求天理、尋找真理的過程。John Stott在《真理的尋索》一書中指出"content is king"，每個專業範疇都有一些須堅持的原則和道理，還有最重要的生命之道。生命的出現、成長不是偶然的，都有一個道理。透過師傅、透過文字，我們在成長中發現這道理。「文以載道」，文字本身是死的，但文字的內蘊卻是活的。生命也是一本活的書，可以供人閱讀；

我有一些很特別的師傅，他們就是一本一本內容豐富的「書」，我接受了他們傳遞給我的生命真道，傳遞給我的寶貴信息。

生命並非孤立地存在，人不能忘本，不能忘恩，要注重「承」與「傳」，所謂慎終追遠，先由父母開始，遠及中華文化，都值得我們追思、尊重。當然，不是所有文化內涵都是正確無瑕，但人不能否定他承受的文化，説自己不受任何文化影響。文化亦不是單元的，中國便由五十六個不同的民族組成；香港處處可見東西文化混合的色彩，使香港新一代不知不覺地與國際接軌；他們有些更持有不同國籍的護照，甚至在不同國家出生。在廿一世紀，我們要學習不同體系的文化，有一種扎根本土、胸懷世界的視野。年輕人要謙虛地承認，我們承接了深厚的文化瑰寶，而世界上，還有更多優良的文化等待我們吸收學習。

有「承」必有「傳」，有領受必有輸出。只「承」不「傳」，生命未算完整。生命要不斷學習，不斷汲取知識，從而轉化成自己生命的內在素質。能夠成為大師的人，他們都能知行合一，既承且傳。因為他們有所承，生命自然豐富；因為他們的言傳身教，其他生命因而得着熏陶更新。他們的傳是對人類的祝福；不單是知性的傳，更是愛心的傳，生命的傳。師徒關係，也是一種愛的關係。「道」、「承」、「傳」是學習的內涵，也是愛的關係的學習。我們若能進入一段健康的師徒關係，充分地演繹「道」、「承」、「傳」，必能為人生劃上完美的句號。

最後是「行」，真正的學習最後必帶來行動。當我們走入現場實踐所學，在現場接觸到有血有肉的個體，才能對照腦袋內累積的學問，才能有真實的體會，對人生有實景的反思。「行」的另一個意義是「同行」，人生最重要是懂得珍惜同行者，不論是父母、朋友、同事。孤立無援，無所依憑是人生的一大遺憾，若在生命裏有亦師亦友者同行，我們應當珍惜，共走人生路，彼此激勵，互相學習。「活着」，不只是個人的習作、學習，亦是一個羣體的經歷與學習。

我在書中的每一章，都記下一些青年人（包括我兩個兒子）的際遇，包括他們學習的經歷，他們如何燃點我對生命的熱愛和對年輕人的熱誠，以及如何照亮了我青年工作者之路。年輕人閱歷淺、單純，只懂用自己的角度看事物，但他們的觸覺敏銳，感覺強烈，有高度的辨別能力，無論來自何處、家庭背景如何，倘若他們察覺年長一輩對他們付出真情，對他們有真心的欣賞、誠意的引導，其實他們都流露出對跨代關係的接納。我的少年時代，曾對上一代懷有恐懼，覺得他們未必明白自己，是非常真實的感受；另一方面，我們也永遠無法完全明白青少年在新世代的處境和感受。但愛可以彌補其中的裂縫。我深愛兒子，很想將生命傾倒在他們身上。每一個我接觸過的青少年，也給我留下深刻的印象，我亦會牽掛他們每一個，他們已在我生命裏留下痕迹。

這本書是寫給青年人的。儘管在e世代，八十後九十後未必喜歡閱讀，但我仍然冀盼他們會翻閱、喜愛這本書，因為這本書是為他們而寫的，是一位青年工作者走過的路，過程中也曾經歷青年人一切的迷惑與掙扎。儘管今天我已走到人生另一階段，做了爺爺，但我對青年工作的心志始終如一，我仍然心繫青少年，願意彼此結連，建立跨文化、跨年代的關係。我亦心繫香港，心繫祖國，盼望年輕時學到的，能回饋自己身處的地方。我們身處地球村，生活在同一個世界，呼吸同一種空氣，因此，盼望大家不要再分彼此，能夠彼此協作，共同努力。我的心願，就是懷着對師傅感戴之情終身學習，為的是與新一代結連，為社會貢獻自己的一分力量。盼望我的學習歷程，對年輕人有所啟發。

最後，我希望多分享一個我與青年人同行的故事。

我與關子凱醫生一家是好朋友，彼此並肩同行超過三十年。他們一家讓我十分難忘的，是他們與子女一同走過所遭遇的考驗：特別是他有一位患有讀寫障礙的兒子朗曦。朗曦經歷不少學習上的挫折，後來到英國接受特殊教育，表現十分出色，並在彼邦得到多個設計獎項。現在他已回香

港的大學進修，在藝術、影音、文化方面裝備自己。（他們的故事記載在《子鳥深情》一書內）

我和太太與這個家庭同行，在心理輔導及心靈支援上給予支持；然而這個家庭亦成為我的祝福。朗曦是個熱愛大自然的年輕人，每次與他們一起回到大自然，不論是觀星或觀鳥，我心中總是充滿驚喜。朗曦成為我的觀鳥老師；而且他很有音樂細胞，每次他拿起結他，自彈自唱自己的樂曲，我的心都被觸動。他最近為我們的小組獻唱一首樂曲《木棉樹》——我們都被他的真情和詩意打動；他亦成為我的心靈支援。

我發現當我與年輕人同行，正是學習如何亦師亦友，同時是亦師亦徒，這門功課真是要一生學習。

年輕人，讓我們結連，亦師亦友地結伴同行。當你開始學習的旅程時，沿途有任何問題，請記着，我在這裏。

我也希望知道你關於這本書的感受與回應。

電郵：cywbook@breakthrough.org.hk

朗曦和他姐姐成為我的朋友，並且建立「亦師亦徒」的關係。

參考書目——
我的「心靈師傅」

透過閱讀以下的著作，我有機會與一眾大師神交，他們成為了我的「心靈師傅」，讓我的心靈得到滋潤。

(1) John Stott

1. *Christ the Controversialist: A study in some essentials of evangelical religion.* Tyndale, 1970.
2. *One People: Clergy and Laity in God's Church.* Inter-Varsity Press, 1971.
3. *Your Mind Matters: The place of the mind in the Christian life*. Inter-Varsity Press, 1972.
4. *Christian Mission in the Modern World.* Inter-Varsity Press, 1977.
5. *The Message of the Sermon on the Mount*. Inter-Varsity Press, 1978.
6. *Balanced Christianity: A call to avoid unnecessary polarisation*. Inter-Varsity Press, 1979.
7. *Men Made New: An exposition of Romans 5-8*. Baker Book House, 1984.
8. *The Cross of Christ*. Inter-Varsity Press, 1986.
9. *The Contemporary Christian: An urgent plea for double listening.* Inter-Varsity Press, 1995.

10. *Our Guilty Silence: The church, the gospel and the world.* Inter-Varsity Press, 1997.
11. *I Believe in Preaching.* Hodder & Stoughton, 1998.
12. *Understanding the Bible.* Zondervan, 1999.
13. *Issues Facing Christians Today.* Zondervan, 2006.
14. *The Birds Our Teachers: Biblical lessons from a lifelong bird-watcher.* Candle Books, 2007.
15. *Basic Christianity* (50th anniversary edition). Inter-Varsity Press, 2008.

(2) Dietrich Bonhoeffer

1. *Life Together.* Harper & Row, 1954.
2. *The Cost of Discipleship.* Macmillan, 1979.
3. *The Cost of Discipleship.* Touchstone, 1995.
4. *Letters and Papers from Prison.* Touchstone, 1997.

(3) Jacque Ellul

1. *The Technological Society.* Trans. John Wilkinson. Vintage, 1967.
2. *The Meaning of the City.* Trans. Dennis Pardee. Eerdmans, 1970.
3. *The Politics of God and the Politics of Man.* Trans./Ed. Geoffrey W. Bromiley. Wm. B. Eerdmans, 1972.
4. *Prayer and Modern Man.* Trans. C. Edward Hopkin. Seabury, 1973.
5. *The Presence of the Kingdom.* Trans. Olive Wyon. Helmers and Howard, 1989.

(4) Gary R. Collins

1. *The Rebuilding of Psychology.* Tyndale House Publishers, 1980.
2. *Psychology & Theology: Prospects for integration* (co-written with H. Newton Malony). Abingdon Press, 1981.
3. *How to Be a People Helper.* Tyndale House Publishers, 1995.
4. *The Biblical Basis of Christian Counseling for People Helpers: Relating the basic teachings of scripture to people's problems.* NavPress Publishing, 1997.
5. *The Rebuilding of Psychology: An integration of psychology and Christianity.* Tyndale House Publishers, 1997.

6. *Psychology and Christianity: Four views* (co-written with Eric L. Johnson, Stanton L. Jones). Inter-Varsity Press, 2000.

(5) John White

1. *Eros Defiled: The Christian and sexual guilt*. Inter-Varsity Press, 1977.
2. *The Golden Cow: Materialism in the twentieth-century church*. Inter-Varsity Press, 1979.
3. *The Masks of Melancholy: A Christian physician looks at depression & suicide*. Inter-Varsity Press, 1982.
4. *When the Spirit Comes with Power: Signs and wonders among God's people.* Inter-Varsity Press, 1988.
5. *Church Disciple That Heals: Putting costly love into action*. Inter-Varsity Press, 1992.
6. *Eros Redeemed: Breaking the stranglehold of sexual sin*. Inter-Varsity Press, 1993.
7. *Daring to Draw Near: People in prayer*. Inter-Varsity Press, 2004.
8. *The Cost of Commitment.* Inter-Varsity Press, *2007*.

(6) Parker Palmer

1. *To Know As We Are Known: Education as a spiritual journey.* HarperOne, 1993.
2. *The Active Life: A spirituality of work, creativity and caring.* Jossey-Bass, 1999.
3. *Let Your Life Speak: Listening for the voice of vocation*. Jossey-Bass, 2000.
4. *A Hidden Wholeness: The journey toward an undivided life*. Jossey-Bass, 2004.
5. *The Courage to Teach: Exploring the inner landscape of a teacher's life.* Jossey-Bass, 2007.
6. *The Promise of Paradox: A celebration of contradictions in the Christian life.* Jossey-Bass, 2008.

(7) Henri Nouwen

1. *The Wounded Healer: Ministry in contemporary society*. Doubleday, 1979.
2. *Reaching Out: The three movements of the spiritual life*. Doubleday, 1986.
3. *The Road To Daybreak: A spiritual journey*. Doubleday, 1990.

4. *The Return of the Prodigal Son: A meditation on fathers, brothers, and sons.* Doubleday, 1992.
5. *Can You Drink the Cup?*. Ave Maria Press, 2006.

(8) Eugene Peterson

1. *Run with the Horses: The quest for life at its best.* Inter-Varsity Press, 1983.
2. *The Unnecessary Pastor: Rediscovering the call* (co-written with Marva Dawn). Eerdmans, 1999.
3. *Christ Plays in Ten Thousand Places: A conversation in spiritual theology*. Wm. B. Eerdmans Publishing, 2005.
4. *The Jesus Way: A conversation on the ways that Jesus is the way.* Wm. B. Eerdmans Publishing, 2007.
5. *The Word Made Flesh: The language of Jesus in His stories and prayers.* Hodder & Stoughton, 2008.
6. *Eat This Book: A conversation in the art of spiritual reading.* Wm. B. Eerdmans Publishing, 2009.
7. *Practicing Resurrection: A conversation on growing up in Christ.* Wm. B. Eerdmans Publishing, 2010.

(9) Marva Dawn

1. *Keeping the Sabbath Wholly: Ceasing, resting, embracing, feasting.* Eerdmans, 1989.
2 *The Unnecessary Pastor: Rediscovering the Call.* (co-written with Eugene Peterson). Eerdmans, 1999.
3. *Joy in Our Weakness: A gift of hope from the Book of Revelation.* Rev. ed. Eerdmans, 2002.
4. *Unfettered Hope: A call to faithful living in an affluent society.* Westminster John Knox, 2003.
5. *The Sense of the Call: A Sabbath way of life for those who serve God, the church, and the world.* Eerdmans, 2006.

(10) Christopher Wright

1. *The Message of Ezekiel: A new heart and a new spirit.* Inter-Varsity Press, 2001.

2. *Old Testament Ethics for the People of God*. Inter-Varsity Press, 2004.
3. *The Mission of God: Unlocking the Bible's grand narrative*. Inter-Varsity Press, 2006.
4. *The God I Don't Understand: Reflections on tough questions of faith*. Zondervan, 2009.

(11) **滕近輝**

1.《路標》，香港：宣道出版社，1971。
2.《時代的挑戰》，香港：宣道出版社，1978。
3.《寫給信仰的追尋者》，香港：宣道出版社，1988。
4.《祈禱出來的能力》，香港：宣道出版社，2004。
5.《都是恩典——滕近輝回憶錄》，香港：宣道出版社，2009。
6.《生命的事奉》，香港：宣道出版社，2010。

(12) **蘇恩佩**

1.〈廉價的恩典〉，收錄自《時代的代言人》，台灣：校園出版社，1973。
2.《仄徑》，香港：證道出版社，1977。
3.《黑夜歌唱——蘇恩佩的心靈世界》，香港：突破出版社，1996。
4.《痕》，韓瑪紹著，蘇恩佩譯，香港：基道出版社，2000。
5.《若》，賈艾梅著，蘇恩佩譯，香港：福音證主協會，2003。
6.《死亡，別狂傲（復刻本）》，香港：突破出版社，2008。

(13) **余秋雨**

1.《千年一嘆》，台灣：時報出版，2000。
2.《文化苦旅》，上海：東方出版中心，2004。
3.《問學余秋雨——與北大學生談中國文化》，西安：陝西師範大學出版社，2009。

這本是 ________________ 的心靈札記

「心靈札記」導引

「你要保守你心，勝過保守一切，因為一生的果效，是由心發出。」（《聖經・箴言》4：23）

每個人的前路如何走，最好以心中的信念和真情作出發點，人生的路才會走得有力，即使遇上逆境也不會卻步。

我生命中的恩師以不同形式與我同行，那些過程對我如何走人生路有很大推動；我盼望累積下來這「十堂課」，對你的路也有點啟發。

我建議以下四個步驟，去整理及過濾你的思緒：

（1）Reading　細讀每堂課的內容。

（2）Reflecting　騰出空間靜思你的人生經歷中與該課內容相關的片段。（每堂課的指引問題可能有幫助）

（3）Recording　讓你的心將靜思中的發現整理並過濾，執筆寫成精簡的心靈札記。

（4）Resonance　找機會與一位你信任的生命同行者分享，請他作出回應。（這位同行者最好是你的生命師傅。）

假若你有信仰的話，請在這過程中作出禱告，邀請聖靈一同鑒察你的心。

蔡元雲

"The way in is the way out."

「進入你的心，踏出你的路。」

Dr. Hans Burki

01.

默想問題：

我對自己的「心」和「路」知道多少？

心——我的喜好、強項、個性；我的生命裝備有不足之處嗎？

路——我有什麼「夢」？我的理想職業是什麼？

我可以為社會、為世界作出什麼貢獻？

知人者智，自知者明。

知不知，上；不知知，病。——老子

知

02.

01 知 03 尋

默想問題：

我在成長歷程中遇過哪些「恩師」？

他們對我有什麼影響？

當年仍未有人將我看在眼內，
您竟然發現我在掙扎。
您沒有掉頭擦身而過；您的心思，
您的微笑，讓我確信成功有望。
您對我堅定不移的信心，
成為我向着標竿前行的動力。
即使我遭遇挫折，
您仍然與我並肩同行。
能夠遇上您；
使我活得更美、更善。

——〈師友〉，加拿大雕塑家，Richard Kramer

遇

03.

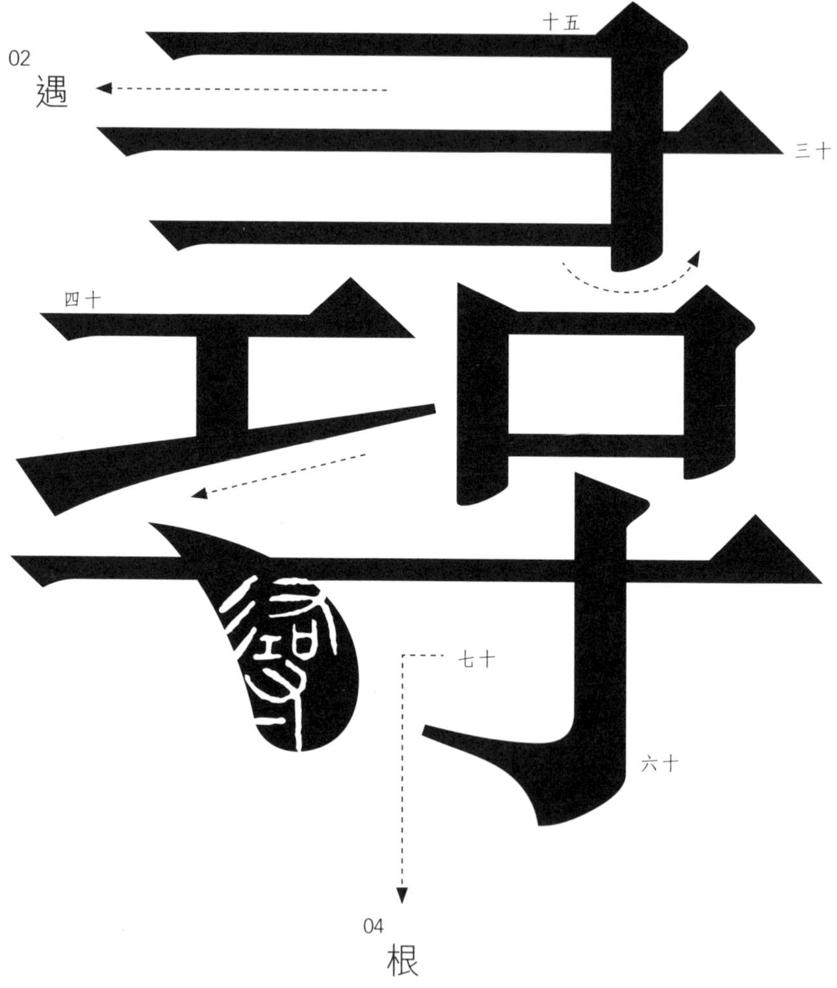

默想問題：

我盼望我的「生命師傅」有什麼素質？

吾十有五而志於學，三十而立，四十而
不惑，五十而知天命，六十而耳順，
七十而從心所欲，不逾矩——孔子

尋

04.

默想問題：

我如何看自己的「身分」：

我的「根」源自哪裏、植在哪裏？

我們都是在自己文化、鄉土中長大的最後一代，吸取傳統養分，就好像呼吸一樣自然，到長大之後，才孜孜不息地適應，吸取不同的外國文化，出掌中大是重投華人世界，尋根問源。

——高錕《潮平岸闊——高錕自述》

根

05.

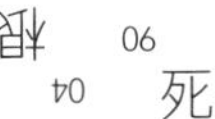

默想問題：

在香港急促的生活節奏中，

我如何創造「靜思」的空間？

「靜我神」——朱熹

"I still my soul." ——《聖經 詩篇》第131篇

靜

05 靜

06. 死

07 道

默想問題：

我內心可有一些要放下的障礙，

讓我更謙卑地學習？

「若有人要跟從我，就當捨己，背起他

的十字架來跟從我。」——耶穌基督

死

07.
道

默想問題：

我想在人生路上活得充實、作出貢獻；可曾想過在哪些領域更多閱讀、更多學習？

"Growth without depth." – *Dr. John Stott*

有成長，欠深度。

道

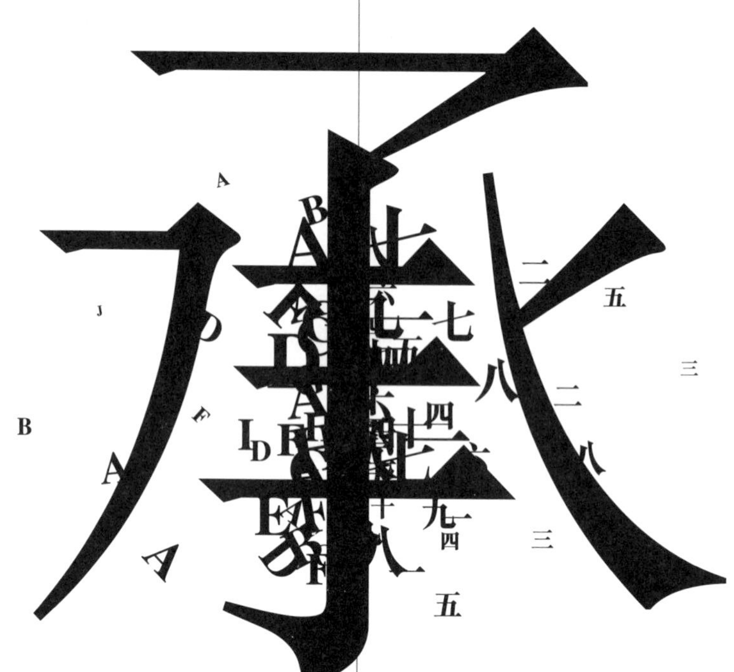

07 道 —————— 09 傳

08.

默想問題：

回顧自己的成長歷程，我在生命與文化方面，「承」受了什麼恩惠？對我的「路」有什麼意義？

「願那感動戴德生的靈，加倍的感動我們。」

《一脈相承》，戴紹曾

承

09. 傳

默想問題：

我在學習過程中，可曾整理所學，再以不同方式與他人分享自己所領受的知識和體驗？

Impression without expression leads to be depression.

— Hans Burki

承而不傳，內裏抑鬱。

傳

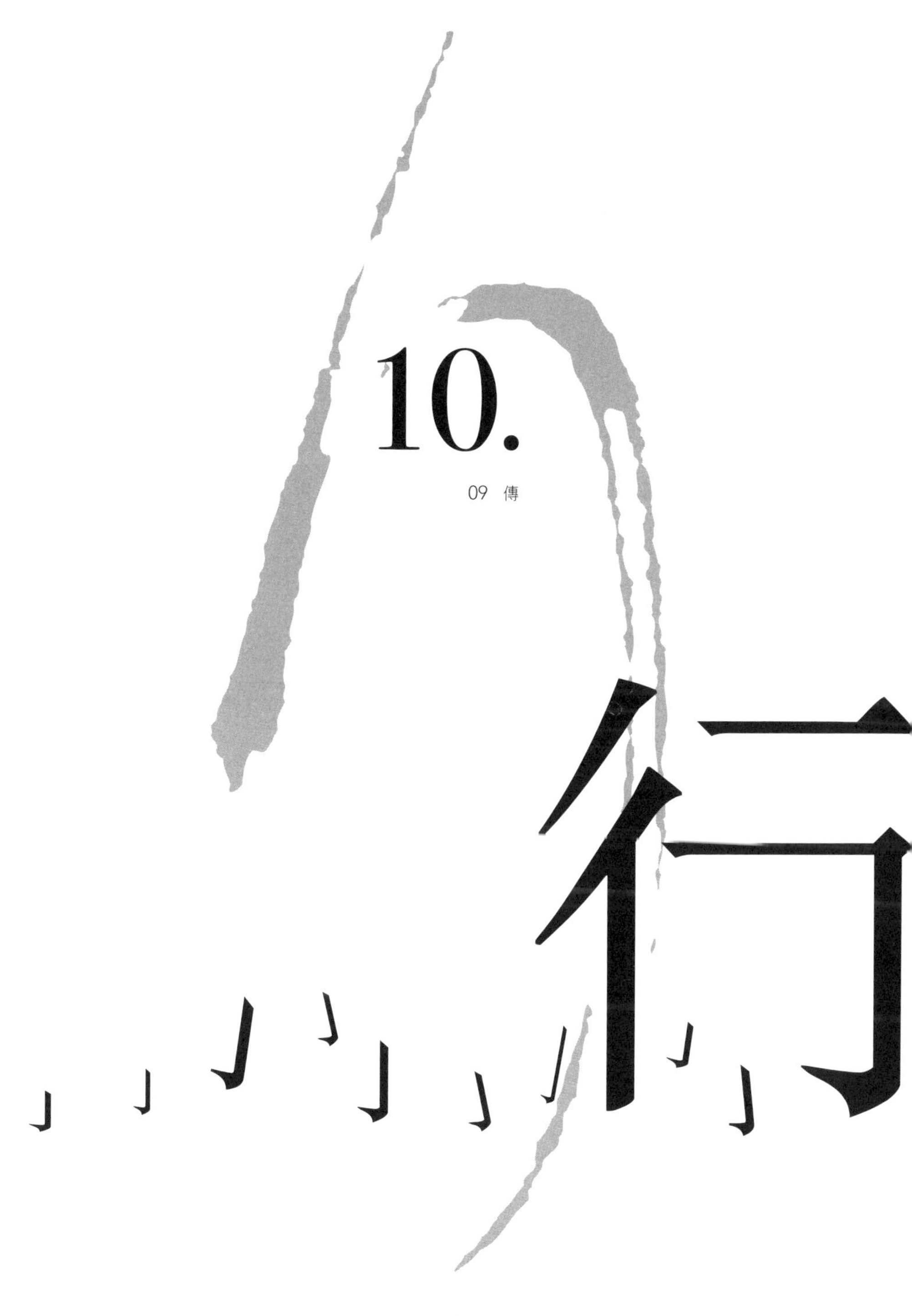

10.

09 傳

默想問題：

進入「現場」的學習是最珍貴的，我最想進入哪些現場？我可有「同行者」？我有「生命師傅」同行嗎？

To be fully alive is to contemplate;

to be fully alive is to act. — *Parker Palmer*

活得精彩，靜中反思；活得精彩，付諸行動。

行

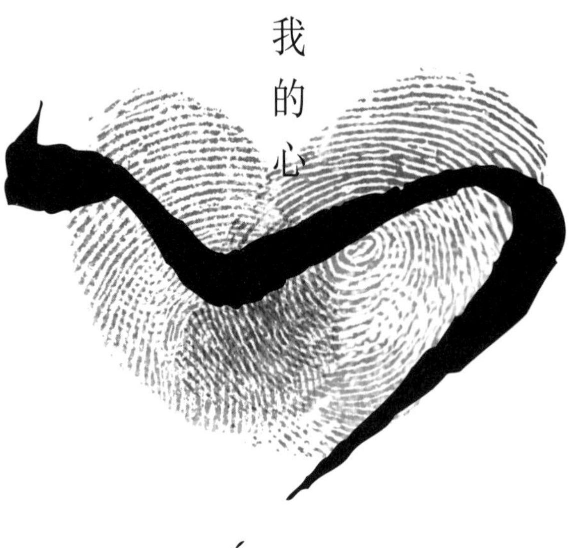

我的心——我的路

聖經智慧

聖經中的
師徒同行個案

目錄

(一)引言:

《與恩師的10堂課——我的路》是在我三十多年的成長路上體驗出來的為徒要訣,當中也反思了如何以「亦父、亦師、亦友」的心態陪伴青少年同行,成為他們的生命導師,一同創造、豐富彼此的生命。

我的一位生命師傅曾提醒我:“Father yourself”——這句話叫我醒覺真正的生命師傅只有一位:三一真神!

主耶穌曾經宣告:「祂來了,是要叫人得生命,並且得的更豐盛。」(約10:10);祂就是「復活」和「生命」(約1:25);祂是「道路、真理、生命」(約14:6)。祂也曾勸戒門徒,不要隨意為「師」、為「父」,真正的生命師傅只有一位!

而保羅則曾向哥林多的信徒發出邀請:「你們該效法我,好像我效法基督一樣。」(林前11:1);他又慨嘆:「所傳雖有一百,為父的卻不多。」(林前4:15)

學習成為生命師傅沒有錯,只是要緊記誰才是生命的主!我們只不過是在恩典中生命得到更新,也盼望將人帶到基督的跟前,得到新生命。

主耶穌身為生命之主,祂是「住在我們中間,充充滿滿的有恩典有真理。」(約1:14);所以我們在地上的生命導師,也是愛心關懷與真理傳遞並重。記得一名德國神學家曾經如此勸誡信徒:神的恩典並非「廉價的恩典」!

在我回顧、數算神的恩典,感謝我的恩師這個反思旅程中,我將為徒之道總結為十個字:「知、遇、尋、根、靜、死、道、承、傳、行」;其實每個字背後都可以追尋到《聖經》的基礎。在本冊子之中,我從《聖經》的〈新約〉和〈舊約〉中挑選了十個人物和十段經文,作為師徒同行的個案;盼望這些經文有助我們進一步理解師徒生命關係的內涵與互動過程。

（二）本冊子建議使用方法：

(1) 閱讀內文：

先閱讀《與恩師的10堂課——我的路》，每次讀一堂課，並按「心靈札記」的指引，寫下你對該堂課的反思與感受。

(2) 個人查經：

然後參照本冊子的內容，按下列程序細讀與該堂課相關的經文。

（註：先閱讀背景資料及研經問題將有助這過程。）

Lectio：Read the text朗讀經文

Meditatio：Meditate the text默想經文

Oratio：Pray the text禱頌經文

Contemplatrio：Live the text活出經文

（詳參： *Eat this Book*，Eugene Peterson）

(3) 小組查經：

定期與一些願意與你同行的信徒；按着經文一同研讀，彼此分享、同心禱告。

(4) 實踐跟進：

查經不單是大腦和嘴唇的活動，最重要的是倚靠聖靈進入真理、活出真理。

每次小組查經開始時，先用一段時間與組員分享實踐上一次那段經文的經歷；組員間彼此激勵、彼此守望，用心體會如何為徒，特別是如何活出基督門徒的生命。

(5) 生命指引：

倘若你有生命師傅，可以定期與他分享你的閱讀反思及查經心得，盼望從中得到生命指引。

知　大衛——知神、知己的歷程

經文：詩篇139篇

背景：大衛少年時曾經被父親忽略，撒母耳先知親臨家訪，選立君王時，身為父親的耶西，竟然漏了小兒子。大衛的哥哥也輕看他；大衛的上司掃羅王則對他愛妒交織，後來更追殺他。大衛有不少出生入死的戰友，都尊他為首領；但他眾多朋友親信是順服的多勸諫的少，最感人的是拿單冒死進諫已經身為君王的大衛。

從大衛撰寫的詩篇，我們可發現他有一定的自知，卻肯定有諸多盲點，以致重複陷在姦淫、甚至謀殺的罪行之中。詩篇139篇是大衛從尋索、逃避到再度與神相遇，並在其中加深對神、對己認識的歷程；是震撼人心的剖白與禱告。

研經問題：

1. 知（139：1-6）

1.1 大衛對神有何認識？
然而，他始終沒有面對自己的盲點及弱點，為什麼？

1.2 你對神的「全知」及自己的「自知」有什麼體會？

2. 遇（139：7-12）

2.1 大衛為何千方百計逃避神？神如何尋找大衛？

2.2 你可曾有躲避神，最終再與神相遇的經歷？

3. 恩（139：13-18）

3.1 大衛由衷地稱頌創造之主，祂對自己的被造有什麼發現？
他對神在自己的成長歷程中的參與有什麼體會？

3.2 你對自己的形像、恩賜有什麼觀察和感覺？
你看見神介入你的成長歷史嗎？

4. 行（139：19-24）

4.1 大衛如何理解和實踐自己的「召命」？
他在139篇結尾所作的禱告對你有什麼啟發？（139：23，24）

4.2 整理對神、對己的認識，將對你發現自己的「召命」有所幫助；
你在認識並實踐神給你「召命」的歷程中，有怎樣的進展？

遇　主耶穌——與門徒相遇

經文：約翰福音1：29-51

背景：昔日猶太人在等候彌賽亞來臨之際，在舊約和新約之間經歷了一段靜默的時期，後來先知施洗約翰終於在曠野上為耶穌作見證：「看哪，神的羔羊，除去世人罪孽的。」（1：29）。接着便是主耶穌與門徒相遇的過程：主耶穌清楚知道祂的門徒是怎樣的人，但是門徒認識主耶穌卻是一個較漫長的過程，需要貼身跟隨、一同生活；細心觀察、反覆思考印證。主耶穌身為生命之主，是門徒的老師、生命導師，也樂意與他們同住、同行，一同生活，在不同的場境中進行言教、身教，給予門徒個別的屬靈指引、生命培育及事奉的督導。「遇」不是巧合，而是一個師徒生命互動、深入交流的過程；生命之能影響生命，在乎雙方敞開生命，互動互建，而且內裏更有聖靈默默的工作。

研經問題：

1. 推薦人（1：29-37；40-41、45-46）

1.1 主耶穌三十歲開始傳道，起初不為人所認識，但原來也有人自願作他的見證人，推薦其他有心尋師的人跟從他。細看這些推薦人如何介紹耶穌？其他人有何反應？

1.2 你可曾遇見你心儀的生命師傅，或者有沒人曾經向你推薦過一些生命師傅，你願意與這些師傅相遇嗎？

2. 相遇的起點（1：37-39）

2.1 很明顯看見，主耶穌認識那些要跟從他的門徒，祂也有自己揀選門徒的原則；門徒對主耶穌認識有限，他們之間如何互動，以致觸發了師徒同行的旅程？

2.2 你有選擇生命師傅的準則嗎？你在與師傅相遇的初時，有什麼體驗？有什麼顧慮？

3. 持續的同行（1：38-39；50-51）

3.1 昔日猶太人跟隨「拉比」是期望近距離接觸、持續同行的；主耶穌也不例外，祂預備與門徒同行一段時間，而結果與他們同行了三年——這個師徒同行的模式，對我們尋師或為師的人有什麼值得反思的地方？

3.2 怎樣可以保持師徒長時間同行，生命能有深入的互動交流？

尋　以利沙——尋師的誠意

經文：列王紀下2：1-18

背景：以利亞是神大大使用的先知，雖然一直有一羣門徒追隨他，但他卻仍然要為接班人尚未出現而苦惱，直至神指示他遇上以利沙，他親自將自己的外衣披在以利沙身上，代表呼召他成為接棒人。隨後的十年間，我們知道以利沙一直跟隨以利亞、並服事他。（王上19：19-21）直至神啟示要用旋風接以利亞升天，我們才看見他們師徒之間的幾次重要對話，似乎是以利亞刻意考驗以利沙跟從他、承擔先知使命的誠意，這段對話給我們尋師的人有值得參閱之處。每個人都可在生命導師身上得到造就，問題在乎我們是否有尋師的誠意。

研經問題：

1. **師傅的考驗**（1：1-10）

1.1 以利亞可算是性情中人，曾經歷抑鬱、甚至埋怨神，他被接升天之前，似乎有意考驗以利沙的堅持力，你認為以利亞為什麼這樣對待他的接班人？

1.2 你又可曾經歷過與生命導師相處的難處，甚至被師傅出難題考驗？

2. **為徒的誠意**（1：1-12）

2.1 在以利沙身上你看出有哪些值得學效的為徒素質？他向師傅懇求得到什麼？

2.2 你可曾檢視自己尋師的動機；你在尋師的路上，可曾懷疑過是否值得堅持下去？

3. **朋輩的相處**（1：5；13-18）

3.1 以利沙在與以利亞其他門徒相處時，也遭遇過一些試驗，你覺得他的回應合宜嗎？

3.2 師徒是跨代的關係，但我們亦可能要面對一些朋輩對這關係提出的問題，你可有類似的經歷？

根　但以理——根在哪裏

經文：但以理書1：3-21；9：1-6，16-19

背景：公元前605年，但以理才十五歲左右，就與一羣猶太人的精英被擄到巴比倫，選入宮庭接受迦勒底文化、宮庭禮儀、管理等培訓，還改了個外族的名字，後來被任命為高官、最終晉升為總理。他出乎意料地成為「敵國」的領袖人物，目睹自己國家被巴比倫所滅。叫人更詫異的是他親眼看見瑪代人摧毀巴比倫王國，他還在新的帝國中任要職，並親自見證耶利米先知預言的被擄七十年期滿，猶太人終獲批准歸回耶路撒冷重建聖殿。但以理既是政治人物，同時又是先知；他的民族、國家身分更是叫人莫測；他由始至終都是猶太人，然而國籍不斷在變，他卻一直堅持自己的屬靈身分及生命之源，但以理的根源於哪裏？又移植到哪裏？他的根明顯地塑造了他的身分、角色與生命！

研經問題：

1. **不動搖的根**（1：3-16）

1.1 但以理身不由己遷徙到巴比倫，於異國文化中接受另類教育、生活，但他卻有不願放棄的身分、不甘被動搖的根——你有什麼觀察？

1.2 你如何描述自己信仰的根、屬靈的身分？

2. **可移植的根**（1：17-21）

2.1 但以理的居所遷了、名字改了，在異國畢業了，還擢升要職；他曾經生活於三個不同的國家，他如何為自己的國家身分定位？這樣的變遷算是變節嗎？

2.2 你拿的是什麼護照？你定居在哪裏？你如何看自己的公民、國民身分？

3. **不容忘記的根**（9：1-6，16-17）

3.1 但以理在異邦定居超過七十年，始終沒有忘記本族的文字、歷史，沒有忽視先知對本族本民的預言；他沒有失憶，沒有忘記另一條長遠的根——從他的禱告試看但以理如何處理自己的民族身分？

3.2 你的出生地點是哪裏？你的父母或祖父母又在哪裏出生？你可曾追尋你的家譜、可曾閱讀你的民族歷史？你如何看待你的民族身分及承擔？

靜　以利亞——靜中得力

經文：列王紀上19：1-21

背景：先知以利亞給我們的感覺是個行動型的獨行俠：接濟孤寡、挑戰君王、求旱時天不下雨、求火便燒盡燔祭、求雨則天降豪雨……。聖經沒有記載誰人曾當他的生命師傅；然而，我們可看到神親自給他指引和牧養：耶和華囑咐他「往東去、藏在約但河邊的基立溪旁」，並差烏鴉供養他（王上17：2-7）；又在他與假先知角力之後，在逃避王后耶洗別追殺途中，相約以利亞到何烈山，在山洞裏、寧靜中與他相遇，澄清他心中的疑團。

我們看見以利亞在孤獨中憂鬱求死；神卻指示他從孤單中學習休息、寧靜，在獨處中再與神相遇——「得救在乎歸回安息、得力在乎平靜安穩」（賽30：15）。地上的生命師父並不能取代天上生命之主。

研經問題：

1. 先知也抑鬱（19：1-8）

1.1 以利亞在迦密山上大勝巴力的假先知後，為何會陷入極度的憂鬱？

1.2 你也曾經歷過挫敗、孤單、乏力、鬱悶——似乎離開神甚遠嗎？有什麼可尋索的因由？

2. 得力寧靜中（19：9-14）

2.1 在山洞內與外，耶和華與以利亞的兩段對話似乎一模一樣，你能夠分辨出它們的不同之處在哪裏？轉捩點是什麼？（註：19：12「有微小的聲音」原文是「沒有聲音」）神如何在寧靜中觸動以利亞？如何使他重新得力？

2.2 你學過「安靜的操練」嗎？禱告不一定要用言語，聖靈也用「說不出來的歎息，替我們禱告」（羅8：26）；你可曾經歷過在「沒有聲音」中與神相遇，在安靜中得力？

3. 心中的疑團（19：15-21）

3.1 以利亞重複申訴他心中的疑惑（19：10，14）；耶和華如何回應他心中的疑團？

3.2 你心中可有叫你困惑的問題，成為與神相交的障礙？你願意向神直接表達你的困擾嗎？且看神如何為你解開心中的結。

死　彼得——先死而後生

經文：馬太福音16：13-28

背景：在主耶穌的門徒中，彼得是最敢言、最衝動，又最有個性的一位，他看起來很決斷、充滿自信，但內心卻缺乏安全感；既捨小船魚網跟隨耶穌，又回頭重操故業，所以耶穌挑戰他把船「開到水深之處」（路5：4）。他被聖靈感動，認出耶穌「是基督、是永生神的兒子」，卻又隨即衝口而出，攔阻主耶穌赴死，被耶穌強烈責備。

在這段經文中，主耶穌向門徒發出最嚴肅的要求：「若有人要跟從我，就當捨己，背起他的十字架來跟從我。」（太16：24）。德國神學家潘霍華將這句翻譯得十分精彩："When Christ calls a man, He bids him come and die！"

我們跟隨生命師傅學習，最大的障礙是「自我」；若我們不學會「捨己」、學會如何「死」，我們只會固執己見，什麼都聽不進去、什麼都學不會。我們可以向彼得學習：「未知死、焉知生」——先死而再生。

研經問題：

1. 耶穌是誰？（16：13-26）

1.1 回答「我是誰」是一個幫助我們認清自己身分的重要問題，而背後一個更重要的問題是「耶穌是誰」；這個問題直接影響我們如何看「我是誰」。昔日的猶太人及彼得如何回答這問題？

1.2 你又認為耶穌是誰？你是如何得到這個結論？
「耶穌是誰」與「你是誰」有什麼關係？

2. 為何怕死？（16：21-23）

2.1 彼得看似一個剛強有主見的人，為何他也會怕死？他亦不想耶穌赴死，為什麼？

2.2 你對死有何感覺？你如何看耶穌的死？你想你會如何面對自己的死？

3. 先死而再生！（16：24-28）

3.1 主耶穌對門徒的要求十分嚴苛：「捨己、背起他的十字架、來跟從我」；「凡為我喪掉生命的，必得着生命」。他的要求有什麼含意？

3.2 「捨己、背起你的十字架」對你有什麼意義？你可曾面對過「賺得全世界」與「得着生命」之間的掙扎？

3.3 在跟從生命師傅的歷程中，「死」是什麼意思？

道　大衛——對道的領悟

經文：詩篇19篇

背景：中文的「道」字既是道理、又是道路，更代表萬物的根源（例如《道德經》中的「道」）；孔子曾說：「朝聞道，夕死可矣」，而聖經亦記載：「太初有道，道與神同在，道就是神。」（約1：1）。神不單藉着受造的天地萬物展示什麼是道；更是「道成了肉身，住在我們中間，充充滿滿的有恩典有真理。」（約1：14）。主耶穌就是道，他亦親自宣告：「我就是道路、真理、生命」（約14：6）。

大衛撰寫的詩篇19篇，用優美的詩句、真摯的感情，以從神而來的智慧向我們描述什麼是道：神透過祂創造的宇宙萬物向我們揭示何為道——是「自然啟示」；神透過祂的話解開道的奧秘——是「特殊啟示」。「道」的內涵包括了誰是神、天地萬物運作的規律、人與大自然萬物的關係、人際關係及人神關係的道理。

最終是主耶穌基督成為人，有血有肉地將道活出來；是聖靈帶我們進入真理，明白真理。

物有物理、心有心理、地有地理、天有天理。我們這一代的困惑是以為靠着人的思想及科技，就能夠明白一切道理；不願謙卑承認我們頭腦和電腦的有限，忽視了對神的啟示的尊重和順服。生命師傅亦不能自以為掌握一切人生道理；而是要師徒彼此同行、一同尋求明白神的道。

研經問題：

1. 人的求知（19：1-6）

1.1 大衛不單是寫景，也是透過大自然讚頌神的道（19：1-6）。「這日到那日發出言語，這夜到那夜傳出知識。」（19：2）——我們可以如何尋求知識？

1.2 在你接受教育的過程中，學會了不少知識；你認為有什麼知識領域是被忽略、或是隨人意曲解的？

2. 神的啟示（19：7-14）

2.1 大衛十分尊重神用言語的啟示：他用不同的字眼描繪神話語的豐富和功效：「律法」、「法度」、「訓詞」、「命令」、「道理」、「典章」，這些詞語涵蓋了什麼意義？（19：7-11）

2.2 「道」並非抽象的概念，而是關係主導的：人如何自處，人際如何相處；更重要的是人如何與神重建關係。大衛的詩句和禱告對我們有什麼啟迪？（19：12-14）

2.3 師徒同行，對我們明道、行道，有什麼幫助？

承　保羅——承繼與承擔

經文：使徒行傳22章

背景：一個人有「承」，才能「傳」。承是一個人的承繼，包括生命與文化；有承繼，亦有承擔，才不會辜負我們所領受的物質或非物質資產。

使徒保羅是個傳奇人物，神揀選他在第一世紀成為「外邦的使徒」，花了約三十年的時間便將福音傳遍羅馬帝國多個重要城市。保羅的影響力引起猶太人領袖擔憂，害怕自己勢力被削弱，也怕觸怒羅馬官府，因此他們多方謀算殺害保羅，並且設計控告他。保羅曾經在耶路撒冷接受六次審問（徒21：31-26：32）；第22章記載保羅在羅馬千夫長、百夫長和兵丁，及被煽動要捉拿殺害保羅的一大羣猶太人面前，為自己申辯。在這次自白中，保羅講述了他多元的承繼，表明自己多重民族、國籍及文化身分；而且竟不避諱地見證自己如何被神呼召並且被差到外邦人中。當我們細察保羅的承繼及承擔時，我們便更明白他的生命與文化內涵如此豐富，實是有因可尋。

研經問題：

1. 民族與文化的承繼（22章）

1.1 從保羅的辯詞中，我們可以窺見他的民族身分、文化涵養、宗教傳統及國籍，試描述這些生命與文化的繼承對他的人生路向有什麼影響？

1.2 每個人都有自己獨特的成長歷史，請反思你的成長歷程，數算你所擁有的珍貴生命與文化的承繼。

2. 從神而來的承繼與承擔（22：6-21）

2.1 保羅坦誠有力地公開講述他從神而來的生命與異象的承繼，並且以行動表明了他的承擔，你細閱後有什麼感想、感動？

2.2 在安靜內省中，數算你個人從神領受過的恩典及教導；你對自己的生命承繼和承擔，有什麼感恩之處？

傳　耶利米——傳的掙扎

經文：耶利米書1：4-10，17-19，20：7-9

背景：耶利米被稱為「哭泣的先知」，他是在北國以色列已亡，南國猶大尚存的時期作先知，前後經歷猶大末代五個王的管治，最終親自目睹國破家亡，並在頹垣敗瓦中撰寫耶利米哀歌。耶利米年青時被神呼召為「列國的先知」，他自覺年幼無能，不敢承擔神所賜的召命，而且他深知自己的國家民族陷入亡國的危機，眾王無力，全國都遠離他們曾經信靠的神，他從父親繼承祭司職分，卻深深感覺面對如此逆境及叛逆的民眾，實在無話可說、無信息可傳，惟有講論神親自給他的信息；然而他所傳的並不受羣眾歡迎，沒有人願意接受被神審判的警告。耶利米聲嘶力竭、徒勞無功，更被人攻擊、監禁；但他始終不能抑制自己內裏的火，他自覺從神所領受的信息，不傳出去總覺不安——耶利米的一生雖未見有什麼成就，卻是忠於所託：既承又傳。

研經問題：

1. **每人都有故事**（1：4-10，17-19）

1.1 耶利米面對認識及差派他的神，改寫了自己一生的故事；他如何經歷從年幼無力到有信息可傳？他的故事對你有什麼提示？

1.2 每個人被造不同、恩賜不同、召命也不一樣；然而每人都在有聲無聲之間傳遞着一個又一個的獨特生命故事；你對自己在這個人生階段的生命故事有什麼觀察，你正在傳遞一個什麼樣的信息？

2. **心中有火**（20：7-9）

2.1 耶利米在傳遞從神而來的信息時，受盡淩辱、譏諷，是什麼原因，以致他心中的火並沒有熄滅？

2.2 你也曾經歷過心中燃燒、不傳不安的狀況嗎？請與組員或生命師傅分享，如何保持心裏生命的火持續燃燒？

行　雅各——知行合一

經文：雅各書1：19-27；2：14-26

背景：雅各是耶穌的兄弟，由約瑟和馬利亞所生，但他卻遲遲不肯相信耶穌是基督；復活的主曾親自向雅各顯現（林前15：7），雅各後來成為初期教會的支柱（加2：9）。他撰寫的雅各書充滿生活智慧：他既強調要有不動搖的信心，同時堅持行為是真正信心的考驗。

生命的成長不能停留在頭腦上的認知，真正的知是與神與人建立愛的關係，並且在真實的生活場境中，將所信的付諸行動，達到知行合一。

有些人尋找師傅，只是停留在滿足自己的求知慾；真正的生命師傅，是樂意與徒弟同行，一同進入真實的世界中，在現場中給予支援及督導，一同經歷在行動中分享生命的喜悅。在師徒關係中，「行」除了代表行為、行動，也是同行。

研經問題：

1. 聽道與行道（1：19-25）

1.1 雅各的教導十分到位：學習者當如何去聽？聽後又當如何去行？

1.2 你是個好的聆聽者嗎？將所聽的付諸行動，有什麼困難？

2. 現場的考驗（1：26，2：14-26）

2.1 雅各提醒我們不要自以為「虔誠」或「有信心」，要進入世界、面對真實的需要，接受「行」的考驗，你覺得他為何要如此建議？

2.2 在你身處的職場或社區中，你可見到哪些有特別需要的羣體，你能否將你的信心化作行動，作出適切的幫助？

《我的心、我的路——心靈札記及聖經智慧》

作者/ 蔡元雲

設計/ 濛一設計坊（心靈札記） 許智超（聖經智慧）

出版發行/ 突破出版社

香港沙田亞公角山路33號突破青年村

電話：26320000 傳真：26320388

電郵：breakthrough@breakthrough.org.hk

網址：http://www.breakthrough.org.hk

http://www.btproduct.com

承印/ 陽光印刷製本廠